L'ODYSSÉA

RACONTÉE PAR PÉNÉLOPE, CIRCÉ, CALYPSO ET LES AUTRES

Marilù Oliva

L'ODYSSÉA

racontée par Pénélope, Circé, Calypso et les autres

Traduit de l'italien
par Anaïs Bouteille-Bokobza

Michel Lafon

Titre original :
L'Odissea,
raccontata da Penelope, Circe, Calipso e le altre

118, avenue Achille-Peretti – CS 70024
92521 Neuilly-sur-Seine Cedex
www.michel-lafon.com

Ce livre a été traduit grâce à une aide du ministère italien
des Affaires étrangères et de la Coopération internationale.

Questo libro è stato tradotto grazie a un contributo del Ministero
degli Affari Esteri e della Cooperazione Internazionale italiano.

À ma mère Wanda, qui connaissait l'art d'Ulysse :
en effet, peu de gens savaient que son vrai nom était Teresa.

À ma fille Micol – mon plus beau voyage,
avec Matteo et Gabri –,

à ma sœur Patrizia qui m'a transmis
son amour des livres,

à Virginia et Marcella
– pour qui il n'existe aucune définition –
et à toutes les grandes femmes que j'ai rencontrées.

« Bientôt notre navire à la proue azurée est poussé
par un vent propice qui gonfle nos voiles,
par ce vent, compagnon fidèle
que nous envoie l'auguste Circé,
déesse à la belle chevelure et aux mélodieux accents. »

L'Odyssée, livre XI, vers 6-8,
traduction d'Eugène Bareste

Calypso

Le voici, l'égaré. Le roi devenu naufragé. L'homme ballotté par la colère des dieux. La mer me l'a rejeté sur le rivage nu et désespéré. Il a suffi d'un regard pour que je me perde en lui et que je lui offre tout ce que j'avais.

Une grotte comme refuge.

Les parfums de l'île de Délos.

Des vivres à profusion.

Et, cadeau suprême, l'immortalité.

Mais lui, bridé par le besoin de quotidienneté commun à tous les humains, préfère rêver de son voyage de retour.

Cachée derrière un buisson odorant, je l'observe. Depuis les rochers, Ulysse guette la mer, comme s'il voyait, au loin, son île tant attendue mais ne pouvait la toucher. Ithaque. Il l'appelle la nuit dans son sommeil, comme si elle était la plus belle des terres et non un amas de roches et de champs. Ithaque, ses montées et descentes, ses baies, ses vignobles obliques et ses monts irréguliers, Ithaque où cet homme a laissé son sceptre que quelqu'un veut lui dérober.

Chaque nuit, la même rengaine. Le roi d'Ithaque invoque sa terre, son fils, sa mère et son père. Mais au-delà de tout, il murmure un nom qui brise l'orgueil de mon cœur : Pénélope. À peine plongé dans le sommeil après m'avoir étreinte dans le lit nuptial, il l'appelle. Cette mortelle est son obsession. Elle, et ce qui l'entoure.

Mais les souvenirs s'estompent dans les mirages. Ainsi le fils de Laërte a oublié l'ovale du visage de son épouse, la peau de Télémaque – qui était nouveau-né quand Ulysse est parti pour Troie –, la forme exacte du port d'Ithaque – il se rappelle tout de même qu'il est en demi-cercle – et la longueur précise de la cour du palais. Assis sur un rocher, ses larges épaules brunies par les jours et les jours en mer, ses mains calleuses de rameur auparavant souverain, puis soldat, rescapé, marin et enfin réfugié, sa barbe brune parsemée de fils d'argent, Ulysse fixe la mer telle une statue. Son profil est décidé, sa barbe dessine le contour de son menton, ses yeux noirs sont ceux des hommes capables de scruter le fond des choses, tandis que leurs pensées glissent déjà au-delà de toute improbable combinaison de possibilités.

Pourquoi m'est-il si difficile de le laisser partir ?

Pourquoi le suivre chaque matin, et chaque matin me plier au jeu de l'humiliation ?

Pourquoi désirer nuit et jour qu'il se couche auprès de moi ? Le maléfice qui me lie à lui m'a contrainte à le suivre ce matin encore comme une chienne fidèle chassée d'un coup de pied par son maître. Je me tiens à l'écart et l'épie, pour recevoir à nouveau la confirmation d'une vérité cuisante : je ne serai jamais la première, ni même la deuxième ou la troisième, parce que je ne suis que le pont entre un défi et un autre.

Il passe une main dans ses cheveux ondulés et fait ce qu'aucun héros n'avait osé jusque-là.

Il pleure.

Inadmissible, peut-être, pour qui se souvient de la colère funeste d'Achille ou de la véhémence brutale d'Agamemnon.

Mais Ulysse ne se laisse pas aller à la fureur, lui. Il est le dernier des héros.

Il médite comme personne avant lui.

Il se souvient.

Et il pleure.

Comme chaque matin, torturé par sa solitude.

Chaque matin la nostalgie le dévaste, douleur causée par l'idée du νόστος, du retour à la maison, mais aussi au passé, au lieu qui fut – et l'homme voudrait seulement disparaître de mes récifs pour réapparaître sur ceux d'Ithaque. Chaque matin il s'use la peau sur les rocs rugueux et ses iris se mêlent au bleu immense du ciel qui s'assombrit progressivement, jusqu'à virer au violet. Chaque matin il arrive à la falaise un peu avant que la nuit se dissipe et qu'Aurore aux doigts de rose pointe à l'horizon. Je sais ce qui le tourmente, en plus de la nostalgie, dans cet espace suspendu entre terre et mer où je suis la plus futile et irritante de ses pensées.

Ulysse se sent traqué. Lui qui a mené la guerre la plus célèbre de l'Antiquité, lui qui a conçu le stratagème pour vaincre l'imprenable forteresse de Troie, lui qui a échappé à la fureur des vents et à la colère de Poséidon, lui qui a ôté la vue à un terrible Cyclope et qui a résisté aux sirènes, voilà : lui, Ulysse, est tombé dans le piège de Calypso.

Délos est sa prison. Son intelligence ne peut rien contre les cages invisibles que j'ai créées. De même que rien ne sert qu'il soit Ulysse aux mille ruses, le héros multiple, qui peut se tourner dans toutes les directions, l'homme multiforme, capable de s'adapter mais aussi de se mettre en danger et de changer d'aspect selon les circonstances. Un chef sagace sans lequel Troie n'aurait pas été anéantie, mais aussi un exilé qui a souffert en mer quand son navire fut détruit et qui a dû fuir des terres étrangères, parfois pourchassé.

Mais l'idiot qui se consume les yeux à force de larmes ne sait pas que quelqu'un, là-haut, agit pour lui. Les dieux ont apprécié sa dévotion. Quand Aurore s'est levée du lit de Tithon, l'Olympe a rassemblé le conseil, juste pour lui. Les immortels aiment beaucoup Ulysse : Zeus détenteur de l'égide, son puissant bouclier, Athéna, Hermès le messager des dieux, et les autres. Seul Poséidon le hait, au point d'attenter inlassablement à sa vie, à coups de tempêtes et de raz-de-marée.

Ils ont discuté longuement, les divins, sur l'Olympe blanchi par la brume. C'est là-haut qu'ils vivent, piétinant les nuages, dans leur demeure d'une splendeur éclatante, toujours à l'abri des vents et de la pluie. C'est la voix d'Athéna qui a eu le dessus. Elle a rappelé qu'Ulysse n'a jamais, jamais, au grand jamais, oublié d'honorer les suprêmes par des sacrifices : cet homme mérite le respect.

La séance est levée. Zeus, roi des dieux, maître du tonnerre et des nuages, convoque Hermès aux sandales ailées et lui commande :

– Mon fils, va dire à la nymphe aux belles boucles de rendre sa liberté à Ulysse. Il se perdra encore en mer, il échouera sur l'île des Phéaciens, mais il y sera accueilli avec bienveillance. Le roi des Phéaciens lui fournira une escorte jusqu'à Ithaque et des cadeaux à foison, bien plus qu'il n'en aurait rapporté de Troie si la tempête ne les avait dispersés dans les abysses.

Hermès obéit. Il noue autour de ses chevilles les lacets de ses sandales ailées grâce auxquelles il plane au-dessus des eaux bleues et des terres fécondes, puis il empoigne sa baguette capable de charmer les yeux des hommes ou de les tirer du sommeil. Il s'élève dans les airs ; je le vois de loin, car je suis une déesse et connais tant de choses : il vole telle une mouette au-dessus des vagues infatigables.

Entre-temps, sur les rochers, Ulysse ne sait pas que son destin va changer. Il pleure encore, il se sent à la merci de mes caprices. Moi, fille d'Atlas, déesse marine régnant sur une île verdoyante sans peuple, je ne suis jamais rassasiée de lui.

Il était inévitable que cela arrive, non ?

Seule depuis des décennies sur cette terre entourée d'eau, des oiseaux marins pour uniques visiteurs, j'ai accueilli l'homme comme une compagnie agréable. Un amusement, d'abord. Mais maintenant, il est devenu irremplaçable et je me consume de l'intérieur. Certains jours je me sens vide et je sais que c'est à cause de lui, de l'indifférence qu'il me témoigne chaque matin quand il s'éloigne vers les rochers.

Et chaque soir, quand le soleil se couche, je me fais plus belle pour conquérir ce qui m'échappera toujours. Mon cœur balance. D'abord je déteste le héros – ces larmes versées à la mer, quel ennui ! –, puis je ressens l'urgence de l'effleurer, de le serrer contre moi.

Quand il approche, je touche ses bras puissants.

Et la nuit, enfin, quand il me cherche dans les ténèbres, j'ai l'illusion qu'il est mien.

Mais trêve de justifications : les dieux n'ont pas de comptes à rendre. Pourtant son ingratitude me torture, pareille à la piqûre d'un scorpion venimeux. Je lui ai offert mon petit monde regorgeant de fruits, baigné par une source qui, dans une plaine rafraîchie par les vents, crée un lac transparent recouvrant des cailloux d'un blanc éclatant. J'y conduis chaque jour le héros d'Ithaque pour sentir encore une fois la douceur du jeu de l'amour avec les mortels. Impossible pour lui de m'échapper, je surgis partout, reine tyrannique : je sors du ruisseau qui se jette dans la mer, j'apparais soudain à ses côtés, je le suis comme son ombre, y compris sur la falaise, mais là-haut je ne lui fais pas respirer mon parfum, c'est la seule zone franche, il s'y réfugie pour ne pas se décourager face au jour nouveau, identique au précédent. Ailleurs, j'use de mon art pour l'enivrer et chaque fois l'enchantement se répète, il cède comme s'il était épris de moi, mais cela dure si peu…

Ou alors je reste derrière lui et l'observe en silence. Le fils de Laërte perçoit mon odeur de fleurs séchées et d'écorces d'agrumes, il entend le tintement de mes bijoux, il se tourne de tous côtés, frénétiquement, jusqu'à me voir : une apparition. Mes vêtements sont un voile fin sous lequel on aperçoit mon corps divin de jeune nymphe, ferme et ambré, ma poitrine pleine et turgescente, mon ventre plat, mes longues cuisses galbées.

– Ô multiple Ulysse ! susurré-je à fleur de lèvres, prends Calypso, la séductrice aux boucles châtains.

Il me croit frivole, sans doute à raison : je le suis comme peuvent l'être ceux qui ne se soucient pas du temps qui passe. Ulysse, lui, s'en préoccupe, et comment ! Je le retiens ici depuis trop longtemps, sept années qui lui semblent sept siècles. L'île de Délos n'offre aucun salut, autour il n'y a que l'eau et, au-dessus, les nuages gonflés ou le soleil aveuglant. Partout le silence, brisé parfois par le clapotis des vagues ou le cri des mouettes, partout la paisible étendue bleue, fouettée par le vent de l'automne naissant.

Quel âge a Ulysse ?

Il a lui-même perdu le compte. Il n'avait pas trente ans quand il a quitté Ithaque, son fils venait de naître. Ils l'avaient appelé Télémaque, « celui qui combat de loin ». Ce nom aurait été adapté au père plutôt qu'au fils. En effet, la guerre de Troie a duré dix ans, auxquels il faut ajouter le voyage et le séjour forcé sur mon île : Ulysse approche de la cinquantaine. Mais quelle importance ? Qui sait comment Télémaque a grandi ? Qui sait ce qu'est devenue Pénélope, l'épouse prudente, fille d'Icarios qui règne sur Sparte avec son frère Tyndare ? Ulysse se souvient de la première fois qu'il l'a vue. Des princes de l'Hellade se disputaient sa main en participant à une course. Et c'était lui, Ulysse, qui avait gagné.

« Que fait ma Pénélope ? » se demande chaque jour le roi sans royaume, et moi, je lis dans son esprit. « M'attend-elle ou s'est-elle liée à un prétendant avec qui elle partage le palais de pierres blanches et le lit nuptial que j'ai moi-même construit en taillant le tronc puissant d'un olivier géant ? Pense-t-elle encore à moi, ma Pénélope ? Parle-t-elle à Télémaque de son père si lointain ? Cherche-t-elle mon étreinte pendant les longs hivers, ma voix dans le bruissement de la brise estivale ? »

Délos ressemble à un labyrinthe hypnotique posé dans le nombril de la mer : dans les bois alternent buissons et lauriers-roses, des farandoles de jacinthes cachent figuiers, dattiers et orangers toujours en fleurs. Où que l'on aille, quel que soit le sentier que l'on parcoure, on finit à l'entrée de ma grotte. À la tombée de la nuit, j'allume des bougies et je brûle de l'encens dans mon antre sombre. Sur une planche de bois posée sur deux souches, quand l'obscurité viendra, je disposerai de la nourriture pour moi – nectar et ambroisie – et dresserai un riche banquet pour mon amant : gibier, poisson, crustacés, pain aux herbes sauvages, fruits, douceurs à l'amande et au miel. Ulysse boira du vin coupé à l'eau de source et cette nuit encore, quand il s'endormira, ma main sera posée sur son dos, comme une caresse.

Pour le moment, il est toujours sur son rocher.

Il pense à son étrange destin, l'homme assis qui pleure. Il ne sait pas, le malheureux, qu'aujourd'hui son avenir va changer. Il ne sait pas que je dois m'éloigner à pas feutrés parce que – je le sens – bientôt Hermès Argiphonte, surnommé ainsi car il tua Argos, se présentera devant ma grotte.

Quand une déesse souhaite se déplacer, sa volonté suffit à faciliter son vol ; aussi, en un battement de cils, me voici dans mon antre, assise devant mon métier à tisser à la navette dorée.

Le dieu aux sandales ailées atterrit avec grâce devant l'entrée et observe les alentours avec émerveillement. Le spectacle est magnifique : la grotte est protégée par un bois d'aulnes et de cyprès odorants où hiboux, cormorans aux larges ailes et corbeaux de mer bruyants font leur nid. Une vigne aux grappes mûres colore le panorama de violet et, devant un pré d'herbe douce, fleuri de violettes et de céleri, coulent quatre sources d'eau claire. Hermès, l'air béat, entre dans la caverne parfumée. À l'intérieur brûle en un grand feu du cèdre et du thuya tendre.

Il suffit d'un regard : entre dieux on se reconnaît même lorsque l'on ne s'est jamais rencontré. Il cherche Ulysse des yeux, constate que je suis seule. Tant mieux, pense-t-il. Inutile de lui expliquer que le héros d'Ithaque, enveloppé dans sa nostalgie, verse des larmes sur les rochers, fixant les vagues en remuant de lointains souvenirs.

Hermès est ici pour moi.

Après un temps infini, quelqu'un me cherche.

Je l'accueille aimablement, comme il sied à un dieu, la poitrine pourtant transpercée par un funeste présage. Je lui offre de l'ambroisie et du nectar dans un calice mais, à peine le repas terminé, il me transmet clairement, très clairement, le message de Zeus.

Je dois laisser partir Ulysse : ainsi en ont décidé les dieux. Leur volonté est sans appel. La colère obscurcit mon esprit et je profère des paroles furieuses :

– Pourquoi, vous qui habitez l'Olympe, êtes-vous toujours jaloux quand nous, déesses, offrons notre corps aux mortels ? Pourquoi donnez-vous le pire de vous-mêmes ? Quand Aurore aux doigts de rose s'est éprise d'Orion, Artémis l'a tué, le transperçant de ses flèches sur l'île de Délos. Et quand Déméter a fait l'amour avec Jason dans les champs fraîchement labourés, Zeus l'a foudroyé pour le punir… Oui, l'envie vous ronge !

Pourquoi voulez-vous me priver d'Ulysse ? Je l'ai sauvé ! Je l'ai soustrait à la mer impitoyable, quand son navire était en miettes et ses compagnons, morts. Je l'ai soigné, lavé, nourri, réchauffé la nuit et apaisé le jour, quand il revenait du rivage où il était allé verser ses stupides larmes !

Hermès me fixe, muet mais le regard éloquent.

– Attention à ce que tu dis, tu sais qui m'envoie.

Je bats des paupières, contrariée, je voudrais tout casser et lancer les débris de ma colère dans les remous de la mer, pour créer un tourbillon gigantesque qui pulvériserait l'Olympe. Mais je dois contenir mon dépit, oh ! quel terrible effort de se résigner aux défaites. Je déclare d'un ton aigre :

– Qu'il parte donc. Que la volonté de Zeus soit faite.

– Tu as raison d'obéir au grand Zeus, Calypso. Évite son courroux car, quand il se fâche, son châtiment est redoutable, m'avertit Hermès.

Puis il prend congé et s'envole, léger, comme il est venu.

Je reste seule.

Mon esprit est submergé par les pensées. On agonise à tenter de soigner un orgueil à jamais blessé. Pourrais-je remplacer le roi d'Ithaque par le premier marin qui passera par ici ? Pourrais-je l'oublier avec une potion ? Non, ce serait impossible, mon cœur le sait : Ulysse est irremplaçable.

Personne n'est capable comme lui de tisser les fils de l'esprit.

Je dois retourner à ces maudits rochers où il cherche du répit loin de moi. Les mortels sont ennuyeux et prévisibles, pensé-je, mais mon cœur m'inspire le désir de revoir le héros et de toucher sa peau endurcie par tant d'épreuves.

Je rejoins Ulysse, il est assis de dos sur la roche rugueuse, comme en attente, le regard rivé sur la mer agitée. Il se tourne et admire mes lèvres rubis qui articulent délicatement :

– Assez pleuré. Ainsi tu veux partir ? Tu es libre. Va, récupère de gros troncs sur l'île et construis un radeau. Je t'offrirai du pain, de l'eau, du vin et des vêtements. Puis je t'enverrai un vent favorable : c'est ce que les dieux ont décidé pour toi.

Il se lève d'un bond, incrédule.

– Tu as une idée derrière la tête, déesse… Il n'est pas vrai que tu me rends ma liberté, tu veux seulement que je prenne la mer pour m'accabler de nouveaux malheurs !

Sa défiance m'arrache un sourire et je sais qu'il aime mes sourires, il a plusieurs fois fait l'éloge de mes dents d'un blanc immaculé, petites et droites comme celles d'une enfant. Je pose une main sur son bras.

– Ta méfiance atteste de ta ruse. Je te jure néanmoins que je dis la vérité sacrée et pour en témoigner j'invoque la terre, le ciel immense et le royaume des morts – et tu sais que c'est là le serment le plus puissant pour les dieux : je ne veux pas te duper, je ne trame rien contre toi.

Nous revenons en silence à la grotte, il me lance des regards circonspects. À l'intérieur, je le fais asseoir sur le trône d'où Hermès s'est levé il y a peu, puis je prépare pour lui des mets de mortels et je m'assieds à ses côtés ; les servantes m'apportent nectar et ambroisie, comme il convient à une déesse. Une fois que nous sommes rassasiés, n'y tenant plus, je lui pose la question. De toute évidence je nourris encore en mon cœur, sotte que je suis, le faible espoir de l'avoir pour moi seule. Alors je lui demande, pour la dernière fois, s'il a vraiment envie de rentrer chez lui. Et je lui offre à nouveau ce que les hommes convoitent.

– Si tu restes, je te fais don de l'immortalité. Tu m'auras pour épouse. Je ne suis pas moins belle que Pénélope – les mortelles ne peuvent rivaliser avec moi – ni moins sagace.

Le fils de Laërte me regarde, cherchant ses mots pour éviter de me blesser, mais nous savons tous les deux qu'il n'existe aucune manière délicate de réitérer un refus, alors il répond, avec sa piètre sagesse, en posant sa coupe de vin :

– Pénélope ne peut évidemment pas rivaliser avec toi, tu seras toujours la plus belle et la plus jeune. Je te remercie, Calypso, pour ce que tu me proposes, mais je ne peux accepter, tu le sais : tout ce que je désire, c'est retourner dans ma patrie.

Ces paroles me déchirent le cœur. Je refuse de le montrer, même quand la nuit tombe. Quel amer destin que le mien : le seul homme arrivé sur mon île tel un cadeau de la mer est également le seul qui dédaigne les déesses. Et aussi celui qui, quand le dieu Soleil disparaît du monde, se couche dans la chambre nuptiale et me cherche de nouveau. Incapable de lui dire non, je m'abandonne à lui, consciente que ce sera une des dernières fois.

Le lendemain, j'aide Ulysse à enfiler sa tunique et son manteau ; moi, je revêts une longue robe argentée faite d'un unique morceau d'étoffe, enserre ma taille d'une ceinture dorée et orne ma tête d'un voile. Je lui remets les outils dont il aura besoin : une cognée en bronze à double tranchant, au manche en bois d'olivier, des vrilles et une hache. Je lui indique les arbres adaptés : des aulnes, des peupliers et des sapins qui s'élèvent jusqu'au ciel, assez vieux pour construire un vaisseau robuste.

Il se met au travail, sa force d'esprit lui donne de la vigueur. C'est un charpentier expert. Il coupe vingt troncs, les dégauchit à la cognée et les rabote. Il les perce, les lie les uns aux autres, puis renforce l'embarcation avec de gros étais de bois. Il construit le gaillard surélevé, et le mât, et la vergue, et un solide gouvernail, il couvre le fond de nattes en osier. Il hisse les voiles découpées dans des tissus que je lui ai donnés, attache les haubans, les drisses et les écoutes et approche l'embarcation de la mer chatoyante, en la faisant glisser sur un rondin. Il travaille quatre jours d'arrache-pied, versant sa sueur et consumant son espoir ; arrive le cinquième jour, le dernier, celui du départ.

La mer qui entoure Délos est calme. Les rochers, qui l'ont si souvent vu pleurer, découvrent ce matin un homme intimement heureux. Je ne veux pas penser à l'impudence avec laquelle il a méprisé le royaume que je lui ai offert : voici venu le moment des adieux. Nous échangeons de nombreux baisers, mais la tristesse de mes yeux flétris par l'abandon le laisse indifférent. Je l'ai lavé et vêtu d'habits parfumés. J'ai fait déposer sur son radeau une outre de vin noir, une autre d'eau et des vivres savoureux dans une besace.

Adieu, héros multiple.

Nous nous regardons longuement alors que son radeau prend le large et que grandit doucement la portion de mer d'huile qui nous sépare. Quand il arrive là où la profondeur rend les eaux plus sombres, un vent favorable se lève et s'engouffre dans ses voiles.

Ainsi Ulysse reprend son νόστος, son retour vers Ithaque.

Intermède – Athéna

Je ne comprends pas les hommes. Leurs hésitations, leurs joies, leur peur de la mort. Quant à eux, ils ne comprennent pas grand-chose de nous, les dieux. Notre ubiquité. Notre goût pour le nectar et l'ambroisie, notre rapport privilégié à l'éternité. Les favoritismes, les protections que nous accordons. Moi, par exemple, j'ai une prédilection pour Ulysse et sa lignée. Je veille sur Télémaque depuis sa naissance. Je l'ai vu grandir, je l'ai suivi comme son ombre quand il a fait ses premiers pas, je l'ai escorté à son insu quand il a appris à chasser. J'aurais voulu qu'il devienne aussi clairvoyant que son père, mais son enfance a été ruinée par la présence exécrable des prétendants. Grandir en compagnie de gens arrogants ne laisse aucune chance, cela brise les os.

Les prétendants : des princes d'Ithaque et des îles voisines. Forts seulement de la faiblesse de l'île orpheline de son roi. Ce matin encore ils se dirigent vers le palais sans soupçonner qu'Athéna, la déesse vierge qui ne s'accouple pas avec les hommes mais pénètre leurs esprits, les étudie. Un à un.

Je m'arrête à l'entrée de la cour, sous les traits de Mentès, roi des Taphiens[1]. Le pouvoir de métamorphose dont nous, les dieux, pouvons user si soudainement effraie les hommes : voilà pourquoi ils n'accepteront jamais de le détenir mais préfèrent que leur transformation soit soumise à la lenteur des cycles de la vie. Furieuse, j'observe la scène qui se déroule dans le palais, sans dire un mot.

Je ne supporte pas leur arrogance, leur paresse. Ces tyrans sont lamentablement assis sur des peaux de bœufs, bœufs qu'ils ont eux-mêmes égorgés, et ils jouent aux dés. Ils festoient, les voraces, ils dilapident les provisions et les animaux du roi absent, le vin est versé sans mesure dans les coupes. Télémaque, malgré lui, est assis parmi ces fainéants : il m'aperçoit, me prend pour un étranger, un homme, exactement ce que je voulais. La loi de l'hospitalité veut qu'on accueille les étrangers et nous, les dieux, nous mettons en colère contre qui ne la respecte pas. L'éducation de Télémaque lui a appris le respect, il vient à ma rencontre, me prend la main droite et me parle avec égard :

– Sois le bienvenu, étranger. D'abord nous allons partager un repas, puis tu nous parleras de toi.

Il me conduit dans la salle à manger au haut plafond, dépose la haste qu'il tenait à la main, me fait asseoir sur un trône couvert d'un linge. Il prend place

1. Peuple de marins, redoutables pirates, pilleurs de villes et vendeurs d'esclaves vivant sur les îles de Taphos. *(Sauf mention contraire, toutes les notes sont de l'éditeur.)*

à côté de moi sur une chaise marquetée, le vacarme des prétendants arrive à nos oreilles, atténué. Nous nous lavons les mains dans une bassine d'argent qu'une servante remplit à l'aide d'une cruche d'or. Je sais pourquoi le jeune homme m'a accueillie avec empressement, il ne s'agit pas seulement de bonnes manières : quiconque vient de la mer peut apporter des nouvelles. Télémaque veut m'interroger sur son père. Pourquoi les hommes sont-ils si attachés les uns aux autres ? Je pense au mien, de père. Le plus puissant des dieux. Zeus, fils de Cronos, qui se souvient bien de quand et comment il m'a mise au monde. Les douleurs lancinantes à la tête, les élancements. Mais il se rappelle surtout avoir mangé Métis, ma mère, un peu avant ma naissance. Après m'avoir conçue lors de l'une de ses étreintes voraces, il a placé ma mère enceinte dans sa bouche et l'a avalée. Il craignait la prophétie selon laquelle de ce coït naîtrait un dieu qui le détrônerait. Mais la pulsion de vie, par une magie dont même les dieux ignorent tout, m'a fait surgir, adulte et armée, de la tête de mon père. Je poussais pour sortir, lui causant une migraine terrible. Il hurlait de douleur. Deux accoucheuses sont venues, mais n'ont su remédier à cette douleur inouïe. Puis est arrivé Héphaïstos qui, avec le sens pratique typique des forgerons, a compris qu'il fallait viser l'origine du mal. Un coup de hache, bien sec, et il lui a défoncé le crâne : j'en suis sortie avec mon javelot pointu et l'égide, le bouclier volé à mon géniteur.

Mon père m'a beaucoup donné, je l'admets, pourtant je pense peu à lui. Il me suffit de lui appartenir en tant que fille, il me suffit de savoir qu'une ligne directe, invisible et puissante, nous reliera pour toujours d'un ciel à l'autre. Cela, Télémaque l'ignore, car pour les hommes c'est différent. Les hommes, telluriques et charnels, ont besoin de se voir, de se toucher, de se rappeler en permanence leur existence éphémère. Sans les mots ils se perdent, sans les caresses ils s'attristent, sans la voix ils s'égarent. Les hommes, contrairement à nous qui vivons la corporalité comme une simple impulsion momentanée, ont l'illusion qu'elle est un viatique vers l'infini.

Au palais, les préoccupations sont autres, c'est le moment du repas. Les serviteurs dressent la table et trois personnes font le nécessaire : l'intendante prépare les plats, le majordome s'occupe des viandes rôties et le héraut verse le vin noir. Télémaque et moi, les pieds posés sur un tabouret, portons les calices d'or à nos lèvres.

Soudain, les prétendants font leur entrée, ces impudents. Ils mangent et boivent goulûment. Moi, je frémis d'indignation.

Pour satisfaire leur caprice de chants et de danses, les prétendants obligent l'aède Phémios à jouer de la cithare. Télémaque s'approche et me dit à l'oreille :

– Cher étranger, je suis fatigué de ces impudents qui consument le patrimoine de mon père, profitant de l'absence d'un homme dont les os sont peut-être enterrés dans le sable ou dispersés dans les flots de la mer.

Je scrute son âme : son expression lasse indique que l'attente s'est transformée en violente impatience, amplifiée par l'ardeur de la jeunesse.

– Ah, si mon père revenait… Ces bons à rien prendraient leurs jambes à leur cou. Mais cela n'arrivera pas, Ulysse est mort, désormais. Toi, plutôt… qui es-tu ? D'où arrives-tu ? Quelle est ta lignée ?

Je sens les larmes monter tandis que j'invente un mensonge. Je suis la déesse dite « aux yeux pers », à cause de leur couleur bleue, la reine de la sagesse, de la guerre et des arts, et ce n'est pas un hasard si je suis née de l'esprit de Zeus à l'égide. Un mensonge, quelle importance ? Ce n'est qu'une façon plus douce d'enseigner aux hommes comment être au monde. Alors je lui réponds :

– Je suis Mentès, roi des Taphiens. Mes navires, qui ont jeté l'ancre hors de la ville, explorent les voies commerciales sur la mer couleur de vin : j'achète du cuivre et je vends du fer. Maintenant écoute-moi avec attention : j'ai entendu dire que ton père n'est pas mort. Il est retenu sur une île contre sa volonté, et bientôt il reviendra ici. Aucune chaîne ne le maintiendra loin de ses proches. Moi toi, dis-moi… qui sont-ils ?

Je désigne du menton les prétendants qui font joyeusement ripaille.

– Ils sont mon malheur. Les nobles de l'île d'Ithaque et de celles des environs : Doulichion, Samé et Zacynthe. Ils veulent m'évincer et prendre le pouvoir à Ithaque.

– Les impudents… Et comment espèrent-ils y parvenir ?

– En épousant ma mère. Elle ne peut les chasser, alors elle gagne du temps, et en attendant ils nous ruinent.

Un éclair de colère me traverse tandis que j'entends, au loin, le cri de la fidèle chouette, mon animal sacré.

– Si ton père revenait, il le leur ferait payer. Amère serait leur mort à tous.

– Moi, je ne suis pas assez fort : si je me rebellais, ils me tueraient sur-le-champ. C'est pour cela que ma mère essaie de les ménager.

Je le regarde avec l'indulgence qu'ont parfois les dieux pour les limites humaines, ou des mères pour leurs enfants ingénus. Toutefois, je lui réponds sur un ton péremptoire :

– Écoute-moi bien, Télémaque, et fais ce que je te dis. Tu vas les chasser et faire revenir ta mère dans sa maison natale. Ensuite, tu partiras. D'abord tu iras à Pylos voir Nestor, puis à Sparte, chez le blond Ménélas : à chacun tu demanderas des nouvelles de ton père. Ils ont combattu à ses côtés. S'ils te disent qu'il est vivant, attends-le. S'il est mort, dresse-lui une sépulture et fais-lui des offrandes. Dans les deux cas, ton père était un grand héros, tu ne seras pas moins. Tu n'es plus un enfant. Tu as entendu ce qu'a fait le glorieux Oreste ? Il a vengé son père Agamemnon en tuant Égisthe, l'homme qui avait ourdi son assassinat. Égisthe était de longue date l'amant de Clytemnestre, femme d'Agamemnon et mère d'Oreste. C'est elle qui a surpris son époux, de retour de la guerre de Troie : il était dans la baignoire, elle lui a tendu un piège. Puis, avec Égisthe, elle l'a frappé avec une épée à la lame affilée.

Télémaque me dévisage avec reconnaissance, mes paroles l'encouragent et accroissent son désir de retrouver son père.

– Mentès, tes paroles jaillissent d'une source de sagesse. Permets-moi de te faire un cadeau, en échange.

– Je dois repartir sur-le-champ. Tu me l'offriras à mon retour.

Tandis que je m'éloigne, Télémaque comprend qui je suis vraiment, mais ne le dit à personne. Je me transforme en chouette et me perche sur une poutre.

L'aède chante les récits de funestes retours de Troie, tous plus malheureux les uns que les autres. Le devin Calchas est mort à Colophon, avant de retrouver sa patrie. Ajax, fils d'Oïlée, victime d'une tempête, a failli couler avec son navire, mais Poséidon, pris de pitié, l'a traîné sur un îlot. Agamemnon a été tué par sa femme, nouvelle qui a secoué la Grèce. Et Ulysse erre toujours en mer.

La voix de Phémios s'élève au moment où la sage Pénélope descend les marches accompagnée de deux servantes. Elle s'arrête à côté d'un pilier, soulève son élégant voile et adresse au chanteur une prière pleine de larmes :

– Phémios, je t'en prie, assez de chants à la gloire des guerriers achéens qui ne sont jamais rentrés. L'un d'eux occupe encore mes pensées. Le désir de le revoir me déchire le cœur, et toi que fais-tu ? Tu t'obstines à le rappeler à ma mémoire.

Télémaque la somme de retourner dans ses appartements et de s'adonner à des ouvrages de femme : le métier à tisser, la quenouille, les ordres aux servantes. Elle obéit sans cesser de pleurer ; l'attente impuissante la détruit. Alors je la rejoins, invisible, et lui insuffle dans les yeux un sommeil très doux. Je la pousse dans les bras de Morphée, le dieu des Songes.

En bas, les prétendants crient de plus belle, prononcent des paroles obscènes, se souhaitant de partager la couche de la reine. Télémaque s'arme de courage et les interrompt :

– Assez de vacarme ! Je convoque le conseil demain matin, afin que vous partiez tous d'ici. Sinon, j'invoquerai la vengeance des dieux !

– Hou, tu nous fais peur, Télémaque, tu sais ? le provoque Antinoos, le plus insolent des prétendants, avec une grimace de dérision.

Les autres ricanent. Télémaque reprend, sans se décourager : l'assemblée est convoquée. Sans y accorder la moindre importance, les prétendants continuent de s'empiffrer. Alors le prince monte dans sa chambre, soucieux, accompagné de sa vieille nourrice Euryclée, que son grand-père Laërte avait achetée pour vingt bœufs alors qu'elle était très jeune.

Il retire sa tunique et la lui tend, elle la plie et la range soigneusement près de la tête de lit marquetée. Puis elle s'en va, ferme la porte et tire l'anneau d'argent. Elle laisse le prince le cœur en émoi, méditant à son voyage, tandis que la nuit engloutit les mers les plus profondes.

Le matin, chaussé de ses belles sandales, armé de son épée pointue et de sa lance de bronze, Télémaque se dirige vers le conseil, suivi de deux chiens, admiré par le peuple : on dirait un demi-dieu, parce que j'ai conféré à ses membres une grâce divine.

Je continue de veiller sur lui sans me montrer. Je me délecte de le voir prendre place sur le trône de son père tandis que les anciens l'honorent – ceux qui ont de la mémoire regrettent le règne d'Ulysse. Le jeune prince expose publiquement les faits :

– Les prétendants veulent épouser ma mère, ils ne lui laisseront aucun répit tant qu'elle n'aura pas choisi l'un d'entre eux. En attendant ils vivent ici tels des parasites, dilapident nos biens, immolent nos bœufs, nos brebis grasses, nos chèvres, et gaspillent notre vin.

Télémaque invoque la colère des dieux, jette son sceptre par terre et se laisse aller à des larmes de rage.

Alors Antinoos prend la parole :

– Télémaque, grand orateur sans pudeur, pourquoi nous diffamer ainsi ? Tu dis que nous profitons ? Mais n'est-ce pas ta mère qui se joue de nous ? Depuis quatre ans nous la voulons, depuis quatre ans elle nous berne.

Elle dit qu'elle épousera l'un d'entre nous quand elle aura terminé le linceul de son beau-père Laërte. Nous crois-tu dépourvus de bon sens ? T'imagines-tu que nous ne savons pas ce qu'elle trame, elle qui est rusée comme une renarde ?

Il hausse la voix, s'adresse aux anciens du conseil, les transperce un à un du regard avant d'accuser :

– Ce qu'elle tisse le jour, elle le défait la nuit, à l'insu de tous, à la lueur des flambeaux. Maintenant cela suffit ! Cette mise en scène doit prendre fin : l'un d'entre nous l'épousera !w

C'est alors qu'un prodige se produit, auquel tout le monde assiste : deux aigles descendent du sommet d'une montagne et tournoient l'un à côté de l'autre, les ailes déployées. Parvenus au-dessus du conseil, ils se bagarrent avec haine, la mort dans les yeux. Un des anciens tente d'interpréter la scène, il prophétise que le roi est vivant et reviendra pour causer la perte de ceux qui veulent lui dérober son trône et sa femme. Il les massacrera, n'aura aucune pitié pour les usurpateurs. Eurymaque, l'un des chefs des prétendants, l'interrompt avec fureur :

– Malheur à toi, vieux qui prédis des catastrophes ! Assez de sornettes. Ulysse est mort : si seulement tu étais mort avec lui ! Mais si tu influences Télémaque avec tes balivernes, vous finirez mal tous les deux.

– Alors préparez-moi un navire avec vingt hommes, répond Télémaque. Je veux gagner Sparte et la sableuse Pylos, pour demander des nouvelles de mon père.

Si on me dit qu'il est vivant, je l'attendrai encore une année. Si à l'inverse je découvre qu'il est mort, je lui érigerai une sépulture et donnerai un nouvel époux à ma mère.

– Espèce de fou furieux ! l'insulte Léocrite, un autre prétendant. Tu sais ce qu'il se passerait si Ulysse revenait ? Essaie de l'imaginer : il est seul et nous sommes nombreux.

Télémaque ne sait que répondre. Il semble tout petit, surtout comparé à un grand homme comme son père. Pourtant, je sais qu'il y a en lui un univers et je veux qu'il l'exprime. Les prétendants ne lui laissent aucun répit.

– Allez, grand guerrier sans bouclier, faisons la paix et mangeons ensemble ! Bientôt tu partiras, nous voulons te souhaiter bon voyage.

– Faire la paix ? Après ce que vous m'avez fait ? Je vous jure que mon voyage ne sera pas inutile. Je vous le ferai payer.

Les prétendants éclatent d'un rire grossier et une voix s'élève parmi eux :

– Que veux-tu faire, nous tuer ? Brrr, nous tremblons !

Quelqu'un hurle :

– Et quelles armes utiliseras-tu ? Les lances que tu ne sais même pas manier ?

Nouveaux rires gras. Télémaque s'efforce de les ignorer. Je me matérialise à ses côtés sous les traits de Mentor, le sage conseiller d'Ithaque à qui Ulysse, avant de partir pour Troie, confia son fils nouveau-né pour qu'il veille sur lui.

– Rappelle-toi qui tu es, Télémaque. Pense à ton noble père et à ta splendide mère qui affronte cette situation dangereuse avec son intelligence pour seule arme. Ne prête pas attention à l'arrogance des prétendants, ils ne savent pas que la mort plane sur eux. Prépare ce qu'il te faut pour ton voyage, rassemble les amphores de vin et fais verser la farine dans des sacs en peau bien fermés. Je te procurerai des marins issus du peuple et je chercherai, parmi les navires du port, le plus adapté pour ton expédition.

Le jeune fils d'Ulysse obéit. Faisant fi des plaisanteries et ignorant les ennemis, il descend à la réserve : une immense salle haute de plafond où sont conservés les ors et les bronzes et, dans des caisses, des vêtements précieux et des onguents parfumés. On y trouve aussi des outres de vin doux. La vieille Euryclée, la nourrice, veille sur les victuailles. Télémaque lui demande de lui préparer douze amphores de vin et des sacs en peau remplis de farine, en lui ordonnant de n'en parler à personne.

Moi, je me précipite en ville et j'exhorte plusieurs hommes valeureux à s'unir à l'expédition de Télémaque. Puis, au crépuscule, grâce à mes dons divins, j'amarre un navire rapide aux abords du port et encourage un à un les rameurs courageux. Quand l'embarcation est prête, je vole au palais d'Ulysse et plonge les prétendants dans un sommeil profond, si profond qu'ils s'endorment à l'instant, l'un après l'autre, laissant échapper leurs coupes.

C'est fait.

Je rejoins Télémaque et l'avertis : tout est prêt pour le départ, il faut courir au port, il y trouvera des compagnons aux cheveux longs. Nous appareillons. Je reste assise à la poupe, toujours sous les traits du vieux Mentor, j'entrouvre les lèvres et je demande à Zéphyr de souffler avec ardeur : tout de suite les voiles se gonflent.

Durant la nuit le navire sillonne les mers. Pour fêter le départ, l'équipage remplit les coupes et offre une libation aux dieux de l'Olympe. Avant tout ils me rendent hommage à moi, Athéna aux yeux pers.

Nous arrivons à Pylos alors que le soleil descend dans le ciel de bronze. Nous accostons au port et remarquons que les habitants sont en train de faire des offrandes à Poséidon aux cheveux turquoise, l'ébranleur du sol, le dieu des Tremblements de terre et de la Mer. Les hommes immolent de nombreux bœufs, noirs comme la nuit. L'invitant fumet des cuissots rôtis envahit l'air.

En terre étrangère, Télémaque hésite, il craint de déranger le roi Nestor. Il ne veut pas être accusé de manque de respect, car il est impoli pour un jeune d'interrompre un ancien. Je lui serre le bras, dissipant son hésitation, et enfin il se met en marche.

Il arrive là où les habitants sont rassemblés. Le roi est assis sur son trône, entouré de ses fils. C'est le moment de la préparation du repas : certains font griller des morceaux de viande, d'autres les embrochent.

Télémaque et son équipage sont accueillis comme il se doit et invités au banquet qui se tiendra sur le rivage. On les fait asseoir sur la plage, aux places d'honneur près du roi et des princes, sur des peaux de chèvre. On leur offre des abats et du vin dans des calices d'or. Ils mangent avec plaisir.

Quand ils sont rassasiés, le souverain Nestor s'adresse à Télémaque :

– Qui êtes-vous, étrangers ? D'où venez-vous et où allez-vous ? Êtes-vous des marchands ou des pilleurs ?

– Glorieux Nestor, fils de Nélée, je suis le fils d'Ulysse et j'arrive d'Ithaque, répond Télémaque d'une voix ferme, malgré son émotion. Mon père et toi avez combattu ensemble pendant la guerre de Troie. Je viens te demander de ses nouvelles. Beaucoup de vos compagnons ont connu une triste fin. Toutefois, personne ne sait rien de mon père : son corps, vaincu par des ennemis, est-il sans sépulture ou ballotté dans les flots, en lambeaux ? C'est pourquoi je t'en prie, raconte-moi la vérité, aussi atroce soit-elle.

– Télémaque, tes mots me rappellent les souffrances endurées autour de la grande cité de Priam, roi des Troyens, où nous avons perdu nos plus valeureux guerriers. Ajax, Achille, Patrocle semblable à un dieu, mon fils tant aimé Antiloque, qui était courageux et rapide à la course. Nous avons longuement assiégé Troie, qui semblait imprenable. Je me souviens bien de ton père, dont l'intelligence et la ruse étaient sans égales : c'est lui qui a eu l'idée de l'*Ἵππος*, le magnifique stratagème qui nous a assuré la victoire. Mais sur le chemin du retour nous nous sommes perdus de vue : on raconte que certains ont fait un voyage serein. Pour d'autres, le retour a été synonyme de descente aux enfers.

Après avoir évoqué le funeste destin d'Agamemnon, Nestor fait asseoir Télémaque sur un trône, puis il s'empare d'une outre et lui offre un vin vieux de dix ans, un nectar très doux qui égaye le gosier. Ensuite Télémaque est invité à dormir sur un lit décoré, sous le porche où résonnent les voix des habitants.

Le fils d'Ulysse se lève à l'aube. Nestor, déjà assis sur les pierres blanches devant le palais, ordonne des sacrifices pour que son hôte puisse partir dans des conditions favorables. Quand tout est prêt, on procède aux offrandes : de l'eau purificatrice dans une bassine ornée de fleurs, des grains d'orge dans une corbeille, qui seront répandus sur le sol.

Une belle génisse est emmenée dans les champs, le forgeron arrive avec ses instruments en bronze – enclume, gourdin et tenailles – puis verse de l'or sur ses cornes. Abattue d'un coup à la nuque, la bête s'écroule. Les filles, la belle-fille et la femme de Nestor crient, le sang coule à flots. Les officiants l'équarrissent alors qu'elle est encore chaude – son cœur vient de cesser de battre – et ils mettent à rissoler ses cuisses enrobées de graisse et des morceaux de viande plantés sur des broches à cinq pointes, arrosés de vin noir.

Télémaque se met en route avec le prince Pisistrate, fils de Nestor. Sur un char multicolore ils sillonnent la terre grecque : tantôt nue, aride, rocailleuse, tantôt de la couleur des champs de blé. Ils avancent, laissant derrière eux la poussière soulevée par leurs roues, tandis que moi, Athéna aux yeux pers, je les suis sans escorte.

Ils gagnent Sparte, perchée sur les hauteurs, caressée par un vent tiède venu de la mer. De là, la route est brève jusque chez le célèbre Ménélas, qui vit au sommet d'un mont. Ils arrivent à un moment spécial et sont accueillis avec joie : on célèbre le mariage d'Hermione, fille d'Hélène et de Ménélas, avec Néoptolème, fils d'Achille. Hermione, une jeune fille qui ressemble à Aphrodite la dorée.

Les invités se présentent pendant le banquet, alors que l'aède chante et que les danseurs voltigent avec grâce, et sont accueillis comme il se doit. Lavés dans de grands bacs lustrés, ils sont ensuite oints, enveloppés de tuniques et de manteaux de laine, puis assis sur des trônes à côté de Ménélas, fils d'Atrée. Les serviteurs apportent vin et victuailles ; Télémaque est stupéfait par la magnificence du palais, les bronzes, les ors, l'ambre, l'ivoire et l'argent : on se croirait dans la maison de Zeus. Ménélas, s'apercevant de sa stupeur, lui dit :

– Ne te laisse pas tromper par ma richesse : mon cœur est transpercé par la douleur. J'ai souffert pendant sept années loin de chez moi : je suis allé à Chypre, en Phénicie, en Égypte, et même jusqu'aux terres d'Éthiopie et de Libye, où les brebis mettent bas trois fois l'an. J'ai accumulé des trésors, ignorant que, en ma patrie, on tuait mon frère adoré. Que faire de mes richesses, si j'ai perdu Agamemnon, mon frère, et tous nos bien-aimés compagnons morts dans la plaine de Troie ? Et surtout, je pleure le très patient Ulysse, aujourd'hui disparu.

Entendant le nom de son père, Télémaque fond en larmes et Ménélas devine qui est ce jeune inconnu qui s'est présenté à sa porte. Il pense à quel point il est difficile d'être le fils du dernier des héros. C'est alors qu'arrive Hélène, splendide et parfumée. Hélène, fille de Zeus, élevée par Tyndare, l'origine de la guerre de Troie : c'est pour elle qu'a été sacrifiée la vie de si nombreux combattants. La plus convoitée des femmes, la plus disputée, celle pour qui a été versé le sang de guerriers à qui elle n'a même pas accordé une pensée. Sa beauté est encore à couper le souffle. Elle prend place sur un siège précieux, pose les pieds sur un tabouret et adresse à l'hôte des paroles cristallines :

– Tu ressembles à ton immense père, qui t'a quitté nouveau-né, par ma faute.

– J'aimais tellement Ulysse que je lui aurais offert de régner sur une de mes villes, pour profiter de notre amitié, ajoute le blond Ménélas d'une voix affligée. Mais les dieux ont voulu que, parmi tous les héros alliés contre Troie, il ait été le seul sans retour.

Un voile de tristesse tombe sur les présents, qui versent des larmes silencieuses : Ménélas, Hélène fille de Zeus et Léda, Télémaque et Pisistrate.

Hélène évoque sa faute, on sent dans sa voix qu'elle sait que rien n'effacera son sacrilège. Je connais bien l'épisode qu'elle raconte, nous les dieux possédons le temps, comme s'il était égrené par de minuscules cailloux que nous pourrions ramasser sur n'importe quel sentier. Il y a vingt ans, ici à Sparte, s'est présenté Pâris, le prince troyen aux yeux couleur d'ambre et aux épaules puissantes. Hâbleur, confiant en ses alliances. Mais il a trahi Ménélas en lui volant sa femme Hélène, dont la beauté suprême était déjà vantée par tous les habitants du monde connu. Pâris l'a conquise d'un regard, avec l'aide d'Aphrodite, la déesse de l'Amour ; de même, les yeux captieux d'Hélène ont suffi à lui attacher le prince troyen pour toujours. Elle s'est enfuie avec la légèreté de ceux qui ne se préoccupent pas de l'avenir. Du reste, elle était habituée aux enlèvements : depuis son enfance, les rois, les nobles et les soldats la voulaient. Depuis son enfance, les hommes tentaient de la séquestrer. Sa beauté n'avait vraiment pas été un grand avantage.

Hélène l'apprendrait pendant la guerre, après avoir perdu le compte des nombreux bûchers allumés par les Grecs, dont la fumée s'élevait de la cité de Troie. Elle découvrirait que la beauté et la mort sont d'inséparables compagnes. Pourtant, quand elle a suivi Pâris, elle était poussée par cette force invincible et animale qui vient du ventre et colle à la peau, à mi-chemin entre amour et violence. Passion. Attraction. Tourment. La pensée des dégâts que cela pourrait causer ne l'a même pas effleurée. Elle a embarqué pour

Troie, en cachette sur un navire sombre, elle a trompé Ménélas qui, le lendemain matin, découvrant sa fuite, s'est précipité chez son frère Agamemnon pour qu'il l'aide à la récupérer. Au fil des mois, les armées de toute l'Hellade ont été rassemblées et les flottes, se dirigeant vers le nord-est, ont sillonné la mer aux mille dangers.

Je la contemple sans jugement ; dans le fond il est si simple de condamner, or ceux qui fautent sont de fait punis par l'histoire dont ils se retrouvent prisonniers.

Hélène se le demande à nouveau, ce soir, tandis que Télémaque et tous les hôtes dînent : pourquoi son mari Ménélas, après l'avoir poursuivie aussi loin, après s'être battu pendant dix ans, a-t-il choisi de la reprendre avec lui ? Pourquoi ne l'a-t-il pas transpercée de sa longue lance, en incitant les guerriers achéens à faire pleuvoir les pierres sur elle ? L'amour véritable chasse-t-il du cœur tout désir de vengeance ? Ou Ménélas voulait-il seulement continuer à se vanter que son lit est réchauffé par la plus belle des femmes ? Belle, elle l'est, c'est sûr : les années passent mais magnifiques sont ses cheveux noirs et soyeux, longs jusqu'aux hanches, magnifiques ses yeux à la couleur unique de mer profonde, là où, dans les abysses, l'eau rencontre les grands fonds. Irrésistibles sont ses mouvements de déesse, ses pieds fins, ses jambes galbées et élancées, son ventre plat, sa peau tendue de fillette, même maintenant qu'elle a connu de nombreux étés et qu'elle s'est lassée de son charme : après une vie passée à se sentir coupable de ses erreurs, elle a compris que la beauté, par nature, n'est qu'une projection. La beauté est un rêve dangereux, dont ne peut profiter celle ou celui qui l'incarne. La beauté n'appartient pas à ceux qui la portent, mais aux autres. On ne peut pas la toucher, même quand elle est d'une évidence lancinante. Voilà pourquoi ceux qui la détiennent sont destinés à fuir ou à être poursuivis.

Pendant le repas, Hélène se lève et verse discrètement dans le vin un remède égyptien qui fait oublier toutes les douleurs : quiconque en boit est incapable de pleurer une seule larme de tristesse pendant un jour entier, même si l'être qui lui est le plus cher est tué devant ses yeux.

Hélène s'assied enfin avec les convives et prend la parole :

– Je veux vous raconter les exploits du glorieux Ulysse. Une fois, il se fit passer pour un esclave et, en haillons, pénétra dans les rues ennemies de Troie. Personne ne le remarqua, je fus la seule à le reconnaître ; je lui posai des questions qu'il éluda, malin comme il était. Il me révéla ses secrets et les intentions des Achéens uniquement après que je l'eus lavé, enduit d'huile et habillé, et une fois qu'il m'eut arraché le serment que je ne révélerais rien avant qu'il ait rejoint les tentes et les navires. Avant de retourner au campement grec, avec sa lance de bronze pointue il tua plusieurs Troyens dont les femmes adressèrent des lamentations au ciel. Moi, je me réjouissais dans mon cœur, je m'étais déjà repentie et depuis longtemps je voulais rentrer chez moi, je regrettais la faute qu'Aphrodite m'avait poussée à commettre, suivre Pâris et quitter Ménélas, et avec lui ma douce fille.

Ménélas posa sa main sur les doigts fuselés de son épouse.

– Tu as raison, ma femme. J'ai connu de nombreux guerriers, mais aucun n'égalait la ruse du fils de Laërte. Lui seul a osé concevoir un stratagème pour vaincre Troie. L'*Ἵππος*. Tu l'as vu, quand il a été laissé sur les plages de Troie, alors que nos flottes étaient cachées derrière la petite île de Ténédos : toi, par trois fois, tu as fait le tour du piège, tu en as touché les parois creuses de l'extérieur, invoquant les noms des plus braves avec la voix de leurs épouses. Moi, Diomède et tant d'autres devenions fous, nous voulions répondre, mais le prudent Ulysse nous retenait. La cavité en bois résonnait de gémissements étouffés et, de ses fortes mains, ô Télémaque, ton père nous a fait taire. C'est Antiloque qui a connu le pire sort : Hélène avait parfaitement modulé sa voix pour contrefaire celle de son épouse adorée et l'envie de répondre le dévorait. Ulysse, qui l'avait compris, lui a fermé la bouche de sa main puissante, lui a entouré le cou avec son bras et, pour qu'il ne souffle mot, l'a étouffé lentement.

Le cœur des spectateurs s'emballa. Les hommes ont une âme si instable… Nous les dieux ne pourrons jamais comprendre ce qu'ils ressentent quand le gouffre s'ouvre devant eux. En cela, ils ne sont pas différents des bêtes sauvages : quand notre flèche les atteint et qu'on les approche, on voit leur poitrine trembler.

Quand Aurore aux doigts de rose apparaît à l'horizon, Ménélas et Télémaque sont en train de parler en toute confiance. Le jeune homme demande des nouvelles de son père, puis évoque les prétendants, et le roi de Sparte s'indigne :

– Ils veulent entrer dans le lit de Pénélope... les lâches ! Ulysse le leur fera payer, il leur infligera une mort terrible ! Et toi, ne te laisse pas abattre, résiste... ton père est vivant ! C'est Protée, le Vieux de la mer, qui me l'a dit. Ton père vit sur une île, soumis au plaisir de la déesse Calypso, mais chaque jour il verse des larmes de nostalgie.

Voyant l'émotion de Télémaque, Ménélas, pris de pitié, le rassure, le serre dans ses bras comme un père et promet de lui offrir une amphore d'argent sculptée, aux bords ourlés d'or.

Maintenant que le jeune homme est entre de bonnes mains, je peux m'envoler. Il est urgent de contrôler l'autre rive : Ithaque aux dunes rocheuses et aux champs fertiles.

Dans la cour de la demeure d'Ulysse, les prétendants trompent leur ennui en lançant le disque et le javelot. Antinoos et Eurymaque, assis, observent les autres en parlant de Télémaque. Ils se demandent où il se trouve, formulent des hypothèses qui les mettent en colère : et s'il cherchait de l'aide ailleurs ? Et s'il voulait se révolter et reprendre le trône qui lui appartient ? Il est parti depuis plus de dix jours et cet éloignement les inquiète.

– Il ne s'en tirera pas comme ça, dit Antinoos, livide. Si Télémaque devient puissant et trouve du soutien, nous risquons de tout perdre. Je vais faire préparer un navire rapide et vingt hommes pour lui tendre un piège à son retour ! Je l'attendrai dans le détroit entre Ithaque et la rocailleuse Samé et, s'il est vrai qu'Ulysse a été englouti par la mer, son fils connaîtra la même fin. Ha, ha ! La reine est peut-être en train de préparer son mariage pour nous, sans se douter que nous complotons pour enterrer son fils !

Antinoos, le plus calculateur des puissants, exhorte les autres à suivre son plan démoniaque : éliminer Télémaque. Il descend vers le port, choisit vingt hommes musclés et armés, puis embarque avec eux pour l'îlot rocheux entre Ithaque et Samé : là, ils attendront leur victime.

Entre-temps la reine affligée congédie ses servantes. Une fois seule dans l'obscurité, elle éprouve une fois encore la terrible douleur de la solitude qui tourmente celle qui aime un homme devenu légende.

Je ne peux pas la comprendre, j'ignore tout de cet impérieux besoin de vouloir quelqu'un à ses côtés.

Moi, la déesse qui ne s'est jamais étendue près d'un homme, je me suffis à moi-même. Quand je suis née du crâne de mon père, lui volant l'égide, son bouclier en peau de chèvre, j'ai été la seule à le regarder dans les yeux, devant les autres dieux, muets, qui assistaient à la scène inconcevable de sa tête ouverte en deux.

Je ne crains pas les hommes, je ne les désire pas. Je n'ai pas besoin d'eux. C'est pour cela que je peux choisir de m'en occuper sans que mon cœur se lacère. Ainsi, invisible, après avoir escorté le fils, je retourne à mon protégé, le multiple Ulysse, qui a échappé à Calypso grâce à l'injonction de mon père.

Il navigue sans peur, je le vois depuis mon horizon divin : le jour, il s'assied près du gouvernail et scrute l'immensité bleue, la nuit, il ne cède pas au sommeil. Il s'oriente grâce aux Pléiades, à la lumineuse constellation du Bouvier, et à celle de l'Ourse qui jamais ne disparaît derrière l'horizon, jamais ne se baigne en plongeant dans les eaux d'Océan ; le roi d'Ithaque sait qu'il doit naviguer en la laissant à gauche, comme le lui a dit Calypso.

Il sillonne la mer dix-sept jours durant, impatient de rentrer, ignorant le vent trop frais la nuit et la solitude le jour : il a l'habitude d'avoir son propre esprit pour unique compagnie.

À l'aube du dix-huitième jour, il voit apparaître à l'horizon les monts de la terre des Phéaciens et son cœur se réjouit.

Pauvre Ulysse !

Il n'imagine pas que Poséidon l'a repéré ; plus que jamais le dieu est décidé à lui envoyer fureur et désolation. Moi, Athéna aux yeux pers, je ne peux rien y faire. Il existe, entre les colères des dieux, une hiérarchie qui doit être respectée.

Le dieu de la Mer s'approche de l'embarcation d'un bond et la fixe de ses yeux mauvais. Il agite son trident et déchaîne des tourbillons : les nuages se rassemblent et forment un cercle. Un bruit de vent et de tempête enfle, Euros, Notos, Zéphyr et Borée accourent, furieux, et soulèvent les eaux. Soudain, c'est comme si la nuit tombait sur la mer.

C'est le chaos.

L'homme sait qu'il ne peut rien contre cette fureur, mais son esprit saute par-dessus les pièges. Il doute de la sincérité de Calypso, pense qu'elle l'a dupé pour lui faire rencontrer la mort qu'il a si souvent évitée. Tandis que ces angoissantes réflexions le transpercent, il est renversé par une vague d'une violence inouïe, qui l'envoie loin du gouvernail. L'arbre se brise : la voile et le mât sont avalés par les flots impétueux.

Une autre vague arrive, tout aussi effrayante, Ulysse tombe à l'eau. Il finit dans les abysses, alourdi par les vêtements que lui a offerts Calypso, risquant la noyade. Il les arrache, sous l'eau, avec des gestes frénétiques, en retenant sa respiration, et parvient à remonter à la surface. Dans le noir, entre les hautes lames, il a du mal à distinguer le radeau, au loin, à la merci de la mer déchaînée. À bout de forces il fend les vagues avec ses bras, est plusieurs fois ramené en arrière, finit par l'atteindre : une entreprise quasi impossible, que seul le plus tenace des héros pouvait réussir.

Alors Poséidon l'ébranleur du sol, le dieu de la Mer, se fâche, et d'un regard frappe à nouveau son adversaire : il soulève une vague colossale, terrifiante, qui anéantit la petite embarcation en bois, la disperse comme fait le vent avec les feuilles mortes. Ulysse sent autour de lui non plus seulement les flux marins, mais l'impuissance de sa condition humaine. Désormais il est naufragé, comme il l'a été de nombreuses fois, rejeté par les eaux, sans patrie, exilé dans une mer ennemie, et il avance péniblement sur cette terre de personne.

Mais Ulysse peut compter sur ses ressources infinies. Chaque fois qu'il coule, son esprit merveilleux invente de nouvelles solutions. Il atteint un tronc et s'y agrippe, exténué, avec la patience des braves.

Pendant deux jours et deux nuits il est ballotté sans trêve par les caprices de Poséidon, blessé, brûlé par la mer salée, frappé par le soleil impitoyable le jour et par le gel la nuit. Il désespère de revoir le rivage et d'enlacer à nouveau Pénélope, il pense que cette longue attente, ses ruses, ses luttes sur les plages pour respirer à nouveau, tout cela n'a servi à rien. Mais Ulysse est multiforme et composite : chaque fois qu'il est sur le point de céder, une partie de lui renaît, plus aguerrie que jamais.

Le troisième jour le vent tombe et la mer retrouve sa tranquillité. Le héros lâche son tronc et reprend confiance en apercevant une côte sombre. Il est près de l'atteindre, quand un nouveau traquenard le jette contre les rochers. Il se briserait les os et se déchirerait la peau jusqu'aux muscles si je ne lui insufflais pas la rapidité. Il s'agrippe à un rocher, y reste accroché telle une moule, résiste aux assauts de l'eau. Mais celle-ci revient, le submerge et l'entraîne au loin, le corps et les mains écorchés. Ulysse nage et nage, puise dans ses dernières forces, contourne la partie rocheuse, la dépasse. Et il est récompensé : il arrive à l'embouchure d'un fleuve, à l'abri du vent, et adresse une salutation suppliante au dieu du lieu. Celui-ci l'écoute : immédiatement les eaux deviennent paisibles comme celles d'un marécage.

Le roi d'Ithaque s'agrippe à l'herbe de la rive pour sortir de l'eau. Son corps de mortel est dans un état lamentable. Je vole autour de lui, redevenue chouette, et j'ai de la peine : sa peau est gonflée, le sel s'y est collé, ses plaies le brûlent comme si on y appliquait des tisons ardents. Il s'abandonne à terre, épuisé, sans voix ni souffle, les yeux fermés et les poings serrés. Mais le moment de céder n'est pas encore venu…

Que tu es brave, Ulysse, d'aller puiser tes dernières forces dans un recoin secret de ton corps !

Tu entres dans un bois. Tu aperçois deux arbustes rapprochés et tu prépares dessous une couche improvisée, en amassant des feuilles par terre et sur toi, pour te protéger du froid et des fauves. Et moi, admirant ta ténacité, je décide que c'est le moment de t'aider à oublier tes souffrances : alors je m'approche, invisible, et j'insuffle à tes membres un repos réparateur, afin que tu te libères, dans ton sommeil, de cette fatigue si profonde.

Nausicaa

– Secoue-toi un peu, Nausicaa, espèce de paresseuse ! m'exhorte mon amie, la fille du célèbre nautonier Dymante.

Elle me connaît bien, elle sait que je passe mon temps à contempler les couchers de soleil et à rêver d'amour. C'est dans notre nature à nous, les filles. On nous apprend à rester devant notre métier à tisser et à notre place. Pendant que nos frères se préparent à la guerre et à gouverner le monde, notre destin est d'accueillir un époux et de satisfaire ses désirs. Mais pour moi l'amour n'est pas encore arrivé, sinon sous la forme de prétendants insignifiants qui, bien que nobles et avenants, ne m'intéressent pas. Mon amie m'encourage :

– Prends ces splendides vêtements qui traînent et allons les laver. Il faut qu'ils soient prêts pour tes noces : tu devras bien te marier, toi aussi, tôt ou tard, non ? Allez, file demander à ton père un chariot pour aller à l'embouchure du fleuve.

Mon amie adorée se demande qui j'épouserai. Elle connaît mes goûts difficiles.

– Les meilleurs des Phéaciens demandent ta main, tu ne vas pas les faire attendre trop longtemps, et vieillir seule ?

Son rire s'évanouit à l'instant où j'ouvre les yeux, à peine éveillée.

Quel rêve étrange.

Un doux pressentiment dans le cœur, je me lève et vais chez Alcinoos, mon père magnanime, pour lui demander si je peux aller laver du linge à l'embouchure du fleuve ; il est en compagnie de ma mère Arété. Elle est avec ses servantes, occupée à filer des étamines dont les motifs évoquent les lueurs de la mer. Mon père s'apprête à partir pour le conseil réunissant les plus glorieux des Phéaciens, mais prend le temps de m'écouter et d'accéder à ma demande.

Il ordonne qu'on prépare un chariot aux roues solides, tiré par des mules. Les servantes et moi-même y déposons le linge à laver, ma mère ajoute un panier de victuailles, une outre en peau de chèvre remplie de vin et une fiole d'huile parfumée pour nous enduire la peau après le bain. Nous partons, j'ai plaisir à conduire, je sais que c'est une tâche importante. Je fais claquer le fouet et les mules avancent en faisant tinter leur clochette. Pendant le voyage nous chantons, et les servantes ornent leurs cheveux de fleurs des champs.

Nous arrivons aux lavoirs éternels où l'eau jaillit comme un ruisseau, nous détachons les mules pour qu'elles paissent tranquillement puis nous jetons les vêtements sur les cailloux à fleur d'eau et les foulons de nos pieds en souriant et plaisantant, comme si nous dansions. Le temps file, insouciant, quand le labeur se transforme en jeu.

Les étoffes sont propres, nous les étalons sur des galets près de la plage. Nous nous déshabillons et entrons avec délice dans l'eau, nous nous éclaboussons, parlons des hommes et du mariage, dont nous savons bien peu de choses : nous imaginons l'amour, le sexe, les baisers exténuants. Nous nous faisons des confidences de jeunes filles, certaines que personne ne nous écoute. Puis nous rions, nous poursuivons et enfin, épuisées, nous allongeons pour nous sécher au soleil doux de l'automne.

Je ferme les yeux et repense à mon rêve, qui s'est en partie réalisé, tandis qu'autour de moi le vacarme s'atténue. Et maintenant… que va-t-il se passer ? Rencontrerai-je un jour l'homme né pour moi ? Je connais les jeunes nobles phéaciens depuis l'enfance, tous, et aucun ne me semble convenir : l'un n'est pas assez courageux, l'autre, pas assez sage, un autre encore, pas assez beau, ou pas assez prudent, et un dernier, pas assez loquace.

Nous nous levons reposées, nous enduisons la peau d'huile pour la rendre douce et lumineuse, puis nous rhabillons. Nous sortons alors les victuailles pour nous restaurer rapidement, puis quelqu'une propose de jouer à la balle. Nous sautons, tendons les bras pour l'attraper, nous amusons à la lancer et à la rattraper au vol. À un moment je l'envoie à une servante qui la laisse échapper : la balle finit dans le tourbillon sombre du fleuve et, en la poursuivant, une de mes compagnes disparaît derrière un buisson.

Quand nous entendons son cri, nous nous précipitons : elle réapparaît, terrorisée, pointant l'ombre du doigt.

Je fais quelques pas et, derrière les buissons, je l'aperçois.

Un homme.

Il est dans un état lamentable. Ravagé par la mer, blessé, étourdi par le sommeil, il a probablement dormi par terre. Il semble se demander où il se trouve. En voyant qu'il a utilisé une branche touffue pour cacher sa nudité, je comprends qu'il est dépaysé et honteux. J'ignore qui il est, mais ce n'est pas n'importe qui : il est digne dans sa détresse.

En voyant son visage émacié, ses cheveux hirsutes parsemés d'algues séchées, ses yeux rougis par la mer et sa peau brûlée par le sel, effrayant comme un lion tombé d'une falaise, mes servantes se dispersent en criant.

Il ne reste que moi.

Moi et l'étranger.

Incapable de m'enfuir, je le regarde avec humanité, car je sais que je pourrais être à sa place. Son cœur est reconnaissant, je sens sa gratitude me traverser telle une lance. Sans trop s'approcher pour ne pas paraître intrusif, il me parle :

– Es-tu une déesse ou une mortelle ? Si tu es une déesse, je te compare à Artémis des bois.

Cette fois ce sont ses paroles qui me transpercent, et un rêve d'amour soudain se forme dans mon esprit. Je chasse cette pensée et lui souris gentiment. Il continue :

– Si en revanche tu es une mortelle, trois fois bienheureux sont ton père et ta mère, trois fois tes frères : car ils ont le bonheur d'élever une jeune plante comme toi, aussi décidée qu'un palmier. Mais le plus heureux de tous sera celui qui t'épousera.

Je réponds de ma plus belle voix, que j'espère digne d'une princesse :

– D'où arrives-tu, étranger ?

– De Délos. J'ai échappé à la mer sombre comme le vin, où m'a poursuivi un dieu hostile qui depuis longtemps me hait. Aie pitié de moi, mon errance m'a conduit sur cette île et je ne connais personne.

– Chaque mortel doit supporter le destin qui lui a été assigné, étranger.

Il me regarde avec admiration et acquiesce.

– M'aideras-tu, jeune fille que j'ai prise pour une nymphe des bois ?

– Que demandes-tu ?

– Un équipage pour retourner dans ma patrie.

D'un geste de mes bras blancs, je rappelle mes servantes accroupies derrière les buissons, qui n'ont pas perdu un mot de notre échange. Elles avancent avec circonspection et me rejoignent, volant presque, tels des papillons de nuit.

– Tu es juste égaré : pour sûr, tu n'es pas fou. Les mendiants et les étrangers sont envoyés par Zeus et il faut les honorer. Sois tranquille : sur la terre des Phéaciens, tu ne manqueras ni de vêtements, ni de nourriture, ni de vin qui réchauffe la gorge et repose les tempes. Suis-moi, je t'indiquerai le chemin de la forteresse et les habitudes de mon peuple, mais je ne peux pas te faire monter sur le chariot avec moi, tu le suivras à pied. Il serait inconvenant que je me laisse approcher par un inconnu, moi qui ai dédaigné les plus valeureux des Phéaciens.

– Merci du fond du cœur, jeune fille au corps de déesse et au ton de reine. Attends-moi ici, je veux me laver dans le fleuve.

– Alors prends ce vêtement bien propre et plié : nous avons fait la lessive ce matin.

Il s'éloigne et se plonge dans les eaux fraîches pour se débarrasser du sel et de la terre qui couvrent son dos et ses larges épaules. Je ne parviens pas à détourner le regard. Il retire les algues de ses cheveux, débarrasse sa peau de l'odeur de la mer. Il a le corps d'un chef, de toute évidence il est beaucoup plus vieux que moi mais je ne peux lui donner d'âge. Je suis des yeux ses mains qui étalent l'huile sur ses membres, puis ses mouvements quand il enfile les vêtements propres. Il paraît plus grand et musclé ainsi, ses cheveux assouplis par l'eau douce bouclent, pareils à des fleurs de jacinthe. Mon cœur s'attendrit, j'ai des papillons dans le ventre.

L'homme nous rejoint ; nous avançons sur le sentier qui mène à la forteresse : je conduis en poussant lentement les mules, l'inconnu et les servantes sont derrière, assaillis par le parfum du linge propre, des buissons en fleurs, du romarin odorant.

Heureuse qu'il me suive, je me retourne et lui donne des instructions.

– Écoute-moi, étranger. Si tu veux que mon père t'accorde des hommes et un navire pour retourner là où tu le désires, fais ce que je te dis.

Il s'approche et tout bas, comme pour sceller un accord secret, je lui conseille de conquérir la bienveillance de ma mère Arété, à la manière des suppliants : en jetant les mains autour de ses genoux quand elle est assise au métier où elle tisse de merveilleuses broderies marines, auprès de son mari qui boit une coupe de vin liquoreux.

Il m'écoute, l'homme venu de la mer, et il me suit jusqu'au bois d'Athéna. Puis je lui propose de nous séparer : il gagnera le palais dans un second temps, afin que personne ne nous voie ensemble.

Je reprends la route et, quand je me retourne pour le regarder, je ne le vois déjà plus. Un épais brouillard est apparu, à la place. N'était-ce qu'un rêve ? Ou une déesse l'a-t-elle rendu invisible afin qu'aucun Phéacien ne se comporte en insolent ou ne lui demande qui il est ? Je rentre à la maison, les bras chargés de linge propre et le cœur en émoi : il vient de se passer quelque chose de fort, je ne peux l'ignorer. L'homme ne peut être un voyageur quelconque. J'ai reconnu la grandeur dans son corps abîmé, la royauté de ses manières courtoises, l'intelligence de ses paroles. Je me précipite au palais, mes frères, semblables à des dieux, accourent : je les salue à la hâte tandis qu'ils emportent à l'intérieur les vêtements propres. L'inquiétude me tenaille et, pour que personne ne s'en aperçoive, je monte dans ma chambre. Là, je m'abandonne à mes pensées. Je compte les minutes avant son arrivée, je le guette à la fenêtre, je me penche jusqu'à le voir au loin, il n'est encore qu'un petit point.

Il avance avec circonspection jusqu'à l'entrée du palais, avisé : il a écouté mes recommandations. Je ne me trompais pas, tout à l'heure : il est entouré d'un brouillard. Ses yeux fouillent la lumière aveuglante du palais qui stupéfie tous les visiteurs. Les murs en bronze sont ourlés d'une frise bleu ciel, on accède aux chambres par des portes en or, les linteaux sont en argent. Deux statues de chiens en métaux précieux encadrent la porte. D'autres, en or, représentant des jeunes gens debout tenant à la main des flambeaux allumés, éclairent les lieux. L'étranger connaît la richesse des Phéaciens, un peuple de navigateurs habiles et de tisseuses expertes. Mon père Alcinoos a cinquante servantes, certaines sont occupées à moudre le grain couleur de pomme sur la lourde meule, d'autres se consacrent au tissage.

L'étranger s'engage dans la cour, toujours enveloppé par le brouillard, bien que moins dense, il traverse mon merveilleux jardin empli de poiriers, grenadiers et pommiers, des arbres éternels qui ne cessent jamais de donner des fruits, grâce au souffle constant de Zéphyr. De même, les vignes et les légumes poussent dans la terre féconde, baignée par les sources auxquelles puisent le palais et aussi les citoyens.

Je descends avec précipitation et m'arrête pour l'observer sans être vue. L'homme entre dans la salle principale où siègent les chefs des Phéaciens et les conseillers, avec les souverains ; alors le brouillard se dissipe et le visiteur apparaît dans toute sa majesté.

Il s'approche de ma mère, la reine, et fait comme je lui ai conseillé : il lui enserre les genoux, lui souhaite le meilleur ainsi qu'à ses invités et sa famille, et implore qu'on lui accorde une escorte pour rentrer chez lui. Tout le monde l'écoute. Il s'assied sur la cendre du foyer et, parmi les présents, c'est le vieil Échénée qui prend la parole, invitant Alcinoos à traiter l'hôte avec les égards qui conviennent. On le fait installer sur un trône aux clous d'argent, une servante saisit une cruche d'or et verse de l'eau dans une bassine afin que l'étranger se lave les mains. Les hérauts remuent le vin, l'intendante apporte la meilleure nourriture et on lance les libations. Alcinoos promet à l'homme un équipage pour son retour.

Une fois le dîner achevé, les invités s'en vont et ma mère Arété, ayant reconnu les vêtements que porte le nouveau venu, lui pose la question redoutée :

– Qui es-tu, étranger ?

Il prend son temps pour répondre.

– D'où arrives-tu ? Quelle est ta lignée ? poursuit-elle.

Le prudent inconnu la regarde droit dans les yeux. Ses iris brillants semblent habités par le feu reflété par le flambeau.

– Il est difficile de raconter les infortunes que m'ont réservées les dieux descendants d'Ouranos. Il y a une île, dans le nombril de la mer, où vit la terrible Calypso, fille d'Atlas : personne ne lui rend jamais visite, ni hommes ni dieux. Je m'y suis échoué à la suite d'un naufrage, après qu'un dieu a brisé mon navire. J'ai vu mourir mes quelques compagnons, que j'avais sauvés de tant de mésaventures, inventant les ruses les plus extrêmes. Cette fois, je n'ai rien pu faire. Je me suis agrippé à la quille et laissé traîner par la mer neuf jours durant, jusqu'à ce que, dans l'épaisse nuit du dixième jour, j'arrive à Délos, où la divine Calypso m'a accueilli à bras ouverts. Elle m'a nourri, habillé, promis l'immortalité. Elle m'a retenu sept ans, bien que je l'aie chaque jour priée de me laisser partir. C'est Zeus qui l'a contrainte à ouvrir ma cage dorée. Pendant dix-sept jours j'ai navigué ; le dix-huitième, quand les monts boisés de votre terre ont apparu, Poséidon l'ébranleur du sol m'a envoyé une tempête qui, de nouveau, a détruit mon embarcation et m'a laissé seul, perdu dans la mer agitée. Je suis parvenu à approcher l'embouchure de votre fleuve et, épuisé par tous ces malheurs, je me suis abandonné au sommeil entre les buissons. Le lendemain j'ai été réveillé par les cris de jeunes filles qui avaient laissé échapper une balle. J'étais nu et éprouvé par la fatigue, votre fille m'a donné un vêtement et m'a accueilli avec la clairvoyance d'une reine : vous pouvez être fiers de la façon dont elle se comporte.

Quelles belles paroles il profère sur moi ! Peut-être… peut-être ai-je l'ombre d'un espoir ?

Arété le sent sincère, il l'a déjà conquise : je connais ma mère, je sais qu'elle apprécie la franchise. Elle ordonne qu'on prépare sous le porche des tapis pourpres et un lit pour l'hôte, à l'abri de la bruyante galerie.

Au lever du soleil, mon père Alcinoos se rend à l'assemblée, où l'attendent les plus vaillants des Phéaciens. Ils vont discuter du nouveau venu beau comme le soleil : sans doute une déesse lui a-t-elle insufflé une grâce divine sur les épaules et le visage, elle l'a rendu plus grand, semblable à un dieu. Mon père adoré prend la parole le premier :

– Chefs et conseillers phéaciens, écoutez-moi… dit-il en indiquant celui qui a fait naufrage à Schérie, aussi resplendissant qu'Apollon Phébus. Cet homme est arrivé ici après avoir erré en mer. Nous ne savons pas qui il est, mais nous avons le devoir d'exaucer sa prière : il nous demande un équipage pour son retour chez lui, retour que les dieux ont entravé.

Les autres acquiescent ; il est décidé de mettre un nouveau navire à la mer et de choisir cinquante-deux jeunes gens, les plus habiles, pour escorter l'étranger.

Les gens se retrouvent dans les cours et les galeries bruyantes, les jardins parfumés et toutes les pièces du palais. On sacrifie douze brebis à la laine douce, huit pourceaux aux dents blanches, deux bœufs aux flancs imposants. Tout le monde – jeunes et vieux – assiste à la préparation du repas. Arrive aussi l'aède Démodocos, à qui la Muse a donné le bien et le mal : elle lui a volé la vue, mais en échange lui a fait le cadeau du chant. On l'installe au centre, sur un trône aux clous d'argent, près d'une colonne élancée. Le héraut lui apporte sa cithare et lui fait toucher le vin et les mets préparés pour lui, sur une table à côté, au cas où il veuille boire et manger.

Une fois les hommes rassasiés, la Muse envoie à Démodocos le souffle du chant, alors il commence. Il raconte encore la guerre de Troie – qui pourrait l'oublier ? – et l'étranger ne peut résister et verse de chaudes larmes amères. Il relève son manteau sur sa tête afin que personne ne s'en aperçoive ; seul mon père Alcinoos le remarque, parce qu'il est assis près de lui et entend ses gémissements étouffés. Et moi. Pour distraire les convives, mon père invite les Phéaciens à montrer à quel point ils excellent dans toutes les compétitions physiques : lutte, pugilat, saut et course.

Les épreuves commencent, devant un public nombreux : courses qui soulèvent la poussière, luttes, lancer du disque, combats impétueux. Nous passons des heures heureuses, mais je sens une pression dans ma poitrine. Je voudrais m'asseoir à côté de l'hôte, toutefois ma dignité royale m'en empêche. Quand les jeux s'achèvent, le jeune Euryale suggère d'inviter l'étranger à participer lui aussi.

– Pourquoi me demandes-tu ceci ? lui répond l'homme. Mon esprit est occupé par mes malheurs et ma fatigue, mon seul désir est cet équipage pour mon retour et toi, tu veux que je pense au divertissement et que je prépare mon corps à de nouvelles sueurs ?

Alors l'insolent Euryale insiste :

– Tu ne veux pas concourir car tu n'en es pas capable, ô étranger ! Tu ne sembles pas habitué aux compétitions, mais plutôt au commerce. Dis la vérité : tu t'entoures de mystères, mais tu n'es qu'un rapace marchand uniquement intéressé par le gain.

L'hôte lui lance un regard noir et déploie sa sagesse, achevant de me conquérir.

– Toi qui viens de parler, tu parais être un homme arrogant. Mais je le comprends, les dieux ne peuvent doter chacun d'un talent. Certains parlent avec amabilité, d'autres ont une démarche merveilleuse et d'autres encore, comme toi, n'ont pas hérité du don de la sagesse : tu ne sais donc pas parler avec grâce, je compatis, et en effet tu jacasses au vent sur ce que tu ne connais point.

Sur ces mots, se levant, il dénoue son manteau qui tombe sur le trône. Il saisit le disque le plus lourd, celui qu'aucun des Phéaciens n'a osé empoigner, et envoie de toutes ses forces la pièce de bois au cœur de métal dans le ciel ensoleillé ; elle tournoie, passe au-dessus des têtes et atterrit bien plus loin qu'on s'y attendait. La foule observe, abasourdie : personne ne pourra jamais égaler cette distance.

– Y a-t-il encore quelqu'un qui veuille me défier ? crie l'étranger, agacé, en regardant l'impertinent Euryale. Il ne vaut rien l'homme qui, pour son seul divertissement, propose à son hôte épuisé par son infortune de participer à une compétition.

Quelle force.

Quel courage.

L'idée qu'il puisse devenir le père de mes enfants s'insinue impérieusement en moi.

– Hôte, répond mon père Alcinoos, oublie les paroles grossières d'Euryale et emporte plutôt de bons souvenirs de ton passage chez nous. Quand tu auras regagné ta patrie et que tu festoieras, entouré de ton épouse, de tes enfants et d'innombrables invités, rappelle-toi la grandeur des Phéaciens, champions du pugilat, de la course et de la lutte, et raconte comment nos navires filent à toute allure sur la mer ingrate.

Il ordonne ensuite que l'on joue de la musique et que les jeunes danseurs entrent en piste. L'aède Démodocos commence son histoire par l'infidélité d'Aphrodite, la déesse née de l'écume de la mer et de la semence de Zeus, la divine qui s'était éprise d'Arès, l'orageux dieu de la Guerre. Le chanteur raconte comment Aphrodite au beau diadème se lia d'amour avec Arès, et s'étendit avec lui dans la couche nuptiale de son mari Héphaïstos, laid et estropié, souillant son honneur. Arès et Aphrodite s'adonnaient à de délicieux jeux érotiques, se délectant chacun de la beauté de l'autre, quand le dieu Soleil, à qui rien n'échappe, les aperçut et commença immédiatement à les espionner.

Pour commencer, il le dit à Héphaïstos. Puis le bruit se répandit, passa de bouche en bouche.

Héphaïstos, blessé au plus profond de lui-même, ourdit sa vengeance. Le dieu difforme, maître des forges, fabriqua un piège fait de chaînes indestructibles, auquel personne ne pouvait échapper. Il fit semblant de partir pour Lemnos qu'il aimait tant, et bientôt sa ruse dévoila la tromperie : quand Aphrodite callipyge installa sur le lit son corps magnifique, ses longs cheveux blonds doux comme la soie s'éparpillèrent et Arès fut submergé par le désir. Il la posséda avec la fougue d'une armée au combat, l'ardeur d'un feu de forêt – et il n'était jamais rassasié de sa peau de pêche. Après la lutte d'amour, exténués, ils s'abandonnèrent au sommeil. C'est alors que le piège se déclencha : des liens en sortirent, formant une toile d'araignée mortelle. Ils se retrouvèrent emprisonnés, nus et encore palpitants de plaisir, immobilisés par cent chaînes, tels les tentacules d'un poulpe.

C'est ainsi que les surprit le mari légitime ; il poussa des cris de colère, humilié par la comparaison que son corps difforme ne pourrait jamais supporter.

Il appela les dieux de l'Olympe, afin que la honte de sa femme soit exposée aux yeux de tous : « Venez, Zeus mon père et vous tous qui vivez pour l'éternité. Venez voir comment ma sublime femme me trompe dans le lit nuptial sacré. Mais comment lui donner tort, n'est-ce pas ? Le pauvre Héphaïstos est laid et boiteux, il doit s'appuyer à son enclume pour marcher, alors quoi de plus normal qu'elle veuille mettre notre lit en désordre avec Arès au corps parfait, aux muscles vifs et au regard fier. »

Puis, le visage bouleversé, il s'adressa à Zeus, qui ne savait pas quoi dire : « Je veux récupérer les présents que j'ai faits à cette chienne infidèle ! »

Les dieux observaient, stupéfaits. Quelqu'un remarqua qu'Arès, le plus rapide des dieux, s'était laissé berner par le plus lent, qui l'avait immobilisé grâce à son art de la ferronnerie. Un autre demanda à Hermès, le messager des dieux, s'il aurait aimé être à la place d'Arès, contraint par des chaînes, et celui-ci répondit : « Si seulement je pouvais être à sa place, auprès de la sublime Aphrodite : je supporterais trois fois plus de chaînes trois fois plus épaisses et je me moquerais de vous savoir spectateurs. »

Des rires s'élevèrent, que Poséidon fit taire : « Détache-les ! Je me porte garant de ton dédommagement. »

Alors Héphaïstos obéit et, dès qu'il desserra les chaînes, les deux amants s'éclipsèrent. Le dieu de la Guerre s'enfuit pour la Thrace, Aphrodite se réfugia à Chypre, où elle était tellement vénérée qu'une enceinte et un autel parfumé lui étaient dédiés ; là-bas, les Grâces la lavèrent et l'enduisirent d'huile, puis la vêtirent d'habits ravissants.

Tout le monde écoute avec attention le récit de la passion dévoilée. Nous semblons satisfaits, soulagés des fardeaux du monde. Alcinoos propose alors de combler l'hôte de présents, qui lui seront remis par lui-même et par les douze princes illustres qui gouvernent l'île. Chacun devra donner un manteau, une tunique et un talent d'or. Et Alcinoos ajoutera à la liste sa coupe en or. Il invite Euryale à se joindre à eux, pour racheter son insolence envers l'hôte. Euryale obéit et offre à l'étranger son épée en bronze à la poignée d'argent : elle est conservée dans un fourreau en ivoire sculpté. Il la lui tend en s'excusant pour son comportement et lui souhaite bonheur et paix pour l'avenir.

Mon père Alcinoos ordonne que l'on prépare un bain chaud pour l'hôte. Les esclaves le lavent, frottent son noble corps et ses cheveux. Je voudrais être à leur place. Elles le sèchent et le massent avec de l'huile, puis le vêtent d'une tunique et d'un manteau. L'étranger se présente dans le salon au haut plafond où les autres l'attendent, magnifique et parfumé, pareil aux dieux qui se nourrissent de nectar et d'ambroisie. J'en ai le souffle coupé. Au moment où il passe à côté de moi, je découvre mon épaule.

– Ne m'oublie jamais, étranger, même quand tu rentreras chez toi.

– Comment pourrais-je oublier celle qui m'a sauvé la vie ?

Ce sont ses seules paroles.

Je ne perçois aucun désir dans ses yeux fatigués.

Je n'y lis que de la reconnaissance.

Il prend place sur le trône, puis rend hommage à l'aède Démodocos, assis au centre de l'assemblée. Il détache un morceau du dos du cochon bien grillé, au gras fondu et coulant, et le lui fait porter, parce que celui qui chante – explique-t-il – est digne d'estime et de respect. Démodocos apprécie le geste.

Une fois le repas achevé, l'hôte invite le chanteur à raconter la ruse de l'*Ἵππος* et celui-ci, inspiré par le souffle de la Muse, s'exécute :

– Les Achéens firent semblant de se retirer, ils mirent le feu à leur campement et poussèrent leurs navires à la mer, avant de les cacher derrière l'île de Ténédos. En attendant, les plus grands guerriers étaient barricadés dans la construction en bois. Les Troyens l'avaient traînée jusqu'à l'acropole, après une longue querelle : certains n'avaient pas confiance et proposaient de fendre le bois avec du bronze, là même, sur la plage. D'autres voulaient au contraire le jeter dans le gouffre, d'autres encore ne l'auraient même pas touché. Mais le destin de Troie était de finir en flammes, aussi le stratagème franchit les Portes Scées.

L'aède chante encore. Il raconte comment, de nuit, l'un après l'autre, les Grecs sortirent du ventre creux de l'*Ἵππος*, se déversèrent dans la ville et la dévastèrent, escortés par Athéna aux yeux de chouette. Tous l'écoutent, envoûtés, mais l'étranger, lui, pleure comme pleure une veuve sur le corps de son mari tombé au champ de bataille. Mon père Alcinoos, assis à côté de lui, interrompt le chanteur en répétant la question que lui a déjà posée ma mère Arété :

– Qui es-tu, étranger ?

Le silence tombe sur l'assemblée.

– Qui sont tes parents ? poursuit Alcinoos. D'où viens-tu ? D'un lieu de terre ou de mer ? Quelles régions as-tu visitées et qui y as-tu rencontré ? Pourquoi les dieux t'ont-ils réservé ce sort ?

L'étranger ne peut plus se cacher. Il s'éclaircit la voix et commence à raconter. Je perçois l'orgueil dans son ton, tandis qu'il se présente, car il sait que la renommée de ses ruses ingénieuses est depuis longtemps montée jusqu'au ciel. La musique se tait et il déclare, immortalisant l'instant :

– Je suis Ulysse, fils de Laërte, roi de la montagneuse Ithaque, située près de Doulichion et de Zacynthe l'île boisée. J'ai combattu à Troie pendant dix années. Et depuis dix autres années je tente en vain de regagner mon île. D'abord j'ai été retenu par les tempêtes envoyées par Poséidon, ensuite par Circé la magicienne, puis par la divine Calypso, qui voulait me garder pour toujours et faire de moi son époux.

Mon cœur est sur le point d'exploser.

Mon père et les invités ouvrent la bouche de stupeur.

Ulysse.

En personne.

Le multiple.

L'homme à l'esprit kaléidoscopique.

Le roi d'Ithaque sur qui nous avons entendu tant d'histoires.

Le plus rusé des guerriers achéens réunis autour de Troie, Ulysse, est ici devant nous et j'ai du mal à y croire. Pourtant, au fond de mon cœur, je reçois la confirmation de ce que déjà je savais : ce naufragé que le bois de peupliers m'a livré, nu et épuisé par la mer, ce rescapé recueilli à l'embouchure du fleuve, est un homme spécial.

Mais… pourra-t-il jamais remarquer une jeune fille éprise de lui ?

Un bourdonnement s'élève. Mon père s'approche du héros, les compliments fusent, la foule l'entoure, tout le monde veut connaître ses histoires. Je reste à l'écart, j'observe, j'entends ma mère parler à voix basse avec les domestiques.

Quand l'assemblée se ressaisit et que la cithare se remet à jouer, Ulysse fixe le feu qui danse dans le brasier devant lui. Puis il raconte son νόστος depuis le début, son retour entravé par d'innombrables dangers :

– Quand nous quittâmes Troie en flammes et prîmes la mer, le vent poussa notre navire au nord, vers la Thrace, le pays des Cicones. Là, nous saccageâmes la capitale, Ismaros, nous la pillâmes comme font les armées : mes hommes et moi nous partageâmes équitablement la nourriture, les richesses et les femmes. Juste après, je les priai de retourner aux navires, mais ils n'en firent rien ! Ils ne m'écoutèrent pas, les insensés. Ils burent beaucoup de vin, ils étranglèrent les brebis blanches et les bœufs aux cornes recourbées, ils festoyèrent sans penser aux conséquences. La nuit se consumait de leurs réjouissances. Puis, épuisés, ils s'endormirent sur la plage. Pendant qu'ils ronflaient, les habitants d'Ismaros demandèrent de l'aide aux Cicones voisins, qui préparèrent la vengeance. Ils arrivèrent sans bruit, redoutables, habiles guerriers capables de se battre sur leurs chars et à pied. Quand Aurore aux doigts de rose apparut, ils sortirent soudain de derrière les buissons et les dunes sableuses armés de leurs lances de bronze, décidés à frapper sans pitié.

Captivés, nous buvons ses paroles. Un serviteur lui apporte une coupe pour que le vin adoucisse sa langue. Puis le héros reprend :

– Ils combattirent tout le jour. À la tombée de la nuit, vaincus, nous fuîmes en lâches, laissant les femmes. Chacun des douze navires qui m'accompagnaient compta six morts, six valeureux soldats aux solides jambières. C'est alors qu'arriva le premier ouragan, envoyé par Zeus, qui noircit les nuages au-dessus de la mer. Soudain, en plein jour, ce fut l'obscurité. Pendant deux longues journées nous restâmes à la merci des flots, au lever du troisième nous comprîmes que nous avions dévié de notre route et au dixième nous nous retrouvâmes sur une terre inconnue, dont nous savions seulement qu'elle était loin, très loin de notre Ithaque.

Il me semble qu'Ulysse me regarde, mais c'est peut-être pure suggestion, parce que je nage déjà dans les eaux implacables de l'amour, rêvant de l'étreindre chaque nuit et de le réveiller chaque matin. Sans s'apercevoir de mon émoi, il poursuit avec la voix décidée des hommes qui ont plus d'une fois frôlé la mort :

– Nous avions accosté au pays des Lotophages, des gens étranges se consacrant aux rêves et vivant dans un demi-sommeil. Qui pouvait imaginer qu'il existât un peuple se nourrissant de fleurs ? Mais nous, ignorants, nous installâmes provisoirement sur la côte : il nous fallait un endroit où manger et de l'eau pour remplir nos outres. J'envoyai deux hommes et un héraut s'enquérir de qui habitait ces terres. Se retrouvant parmi les Lotophages, mes messagers furent invités à goûter à la douce fleur de lotus. En quelques minutes, ils sombrèrent dans le fleuve de l'oubli. Quand je vins les chercher, ils n'étaient plus que des simulacres d'hommes : plus rien n'avait d'importance, le *νόστος*, leurs maisons, leurs femmes… ils n'avaient plus qu'un désir : rester pour se délecter chaque jour des pétales trompeurs, en manger encore et encore. Je les entraînai de force, pleurant, et les fis attacher solidement au navire. Nous reprîmes notre voyage, agacés par leurs plaintes lancinantes.

Nous hébergeons dans notre salon le plus extraordinaire des héros et moi, je me demande : et si je n'avais pas écouté ses supplications ? Quel sacrilège ç'aurait été de refuser de porter secours à un inconnu dans le besoin ! Aucun migrant n'est un homme quelconque, aucun ne mérite d'être ignoré. Derrière chaque exilé se cachent des histoires que nous devrions écouter avec attention, parce qu'elles peuvent renverser tous les préjugés.

Le héros raconte ensuite comment il conduisit ses douze navires jusqu'à la terre des Cyclopes, qui défient les lois humaines et divines parce qu'ils ne se soucient ni de la volonté de Zeus ni du progrès. Ils ne labourent pas la terre, ne sèment pas, profitant seulement de la fertilité du terrain qui produit de l'orge, du blé, des vignes et tant de fruits qu'ils se contentent de récolter. Ils ignorent les bases de la civilisation, jamais ils ne se rassemblent en conseil, jamais ils n'établissent de lois, ils vivent en haut de collines dans des cavernes sombres, sans chercher d'accords avec leurs voisins. Avant de s'enfoncer dans leur île, le roi d'Ithaque et sa flotte abordèrent – de nuit – sur une plage voisine. Les navires approchèrent de la côte sombre enveloppée par un épais brouillard. Les hommes affalèrent les voiles et descendirent enfin sur la rive pour dormir.

– À l'aube, mes compagnons et moi partîmes à la chasse. Les nymphes, filles de Zeus à l'égide, nous furent favorables et envoyèrent à notre rencontre les chèvres des montagnes, que nous atteignîmes avec les flèches de nos arcs recourbés : le déjeuner fut somptueux. Chacun des douze navires reçut neuf animaux et le mien, le treizième, dix. Nous nous régalâmes jusqu'au crépuscule, jouissant de la caresse du bruit de la mer et de la légère ivresse procurée par le vin, mais nous savions que la liesse serait de courte durée. En effet, le lendemain je conduisis mon bateau jusqu'à l'île des Cyclopes.

La grotte du monstre, proche de la mer, était couverte de laurier et située en hauteur ; le fils de Laërte et les douze hommes qu'il avait choisis pour l'accompagner s'en approchèrent. La curiosité et la quête de nourriture le poussaient vers l'aventure.

Ils gravirent la côte, emportant avec eux un panier de vivres et une outre en peau de chèvre remplie de vin doux. Ulysse raconte comme s'il n'avait plus peur :

– Nous trouvâmes l'antre de Polyphème vide. Nous comprîmes qu'il y élevait grand nombre de brebis et de chèvres, car tout autour se dressait une barrière faite de troncs de pin et de chêne. Nous scrutâmes les lieux : les dimensions de chaque chose étaient gigantesques, pauvres de nous ! De toute évidence, l'individu qui dormait là était immense. Je le pressentais puissant et cruel et – hélas ! – je ne me trompais pas. Dans la caverne, nous découvrîmes avec stupeur des claies couvertes de fromages, d'agneaux et de chevreaux classés par âge, ainsi que des vases remplis à ras bord de petit-lait et des seaux pour la traite. Mes compagnons m'imploraient de piller ce que nous pouvions et de nous enfuir au plus vite, mais je refusai de les écouter, trop curieux de connaître ce sauvage et de lui demander l'hospitalité. Je voulais le voir de mes yeux et lui parler. Pour calmer mes hommes, je leur suggérai d'allumer un feu, puis nous fîmes une libation aux dieux et mangeâmes les fromages. À la tombée de la nuit, il revint avec son troupeau. Il tenait sous son bras un lourd chargement de bois qu'il jeta à grand bruit dans la grotte. Terrorisés, nous reculâmes vers le fond en silence où nous restâmes pétrifiés. Il poussa les béliers et les boucs dans les enclos extérieurs, puis bloqua l'entrée avec un rocher si gros que vingt-deux solides chars à quatre roues n'auraient pu le déplacer.

D'après la description d'Ulysse, le Cyclope semblait être un éleveur expérimenté. Il évoluait dans son antre avec des gestes de berger chevronné. J'imagine cette créature gigantesque trayant les brebis et les chèvres bêlantes, mettant les petits à la mamelle, versant la moitié du lait dans des paniers tressés, l'autre dans une amphore destinée à son dîner. Je me perds comme les autres dans l'écho de la voix d'Ulysse :

– Quand Polyphème alluma le feu et qu'il nous vit, nos jambes se dérobèrent. « Qui êtes-vous, des étrangers ? D'où venez-vous ? Vendez-vous des tissus, des épices odorantes ? Ou bien êtes-vous des pillards ? » Je m'avançai, fier de pouvoir évoquer mon passé glorieux : « Nous ne sommes pas des pillards, nous sommes des Grecs et nous rentrons de Troie, où nous avons combattu pendant dix années. Nous avons suivi l'expédition d'Agamemnon, fils d'Atrée, pour que soit rendue à son frère, Ménélas, la belle Hélène. Notre voyage de retour est pénible et très long. Nous arrivons chez toi suppliants et te demandons, comme le veut la coutume pour les hôtes protégés par Zeus, de nous faire un cadeau. » Il éclata d'un rire effrayant qui résonna entre les parois. « Étranger, soit tu es un idiot, soit tu viens de très loin, si tu nommes Zeus en espérant que ce nom m'effraye ! Nous, les Cyclopes, ne faisons aucun cas de lui, ni des autres dieux. Mais dis-moi, plutôt : quel est ton nom ? Et où as-tu amarré ton navire ? » Je déglutis, avant de lui mentir en le regardant avec une sincérité feinte : « Je m'appelle Personne et mon navire s'est fracassé contre des rochers, où l'a précipité Poséidon l'ébranleur du sol. » L'énorme créature ne répondit pas, mais nous regarda avec une cupidité féroce. Puis soudain elle bondit vers nous, saisit deux de mes compagnons de ses mains cruelles et les frappa à plusieurs reprises contre le sol, comme s'il s'agissait de chiffons : leur crâne se brisa, leur cerveau tacha le sol. Il détacha leurs membres et les mangea, puis dévora le reste de leur corps tel un lion famélique, avalant tout, même les cheveux, les viscères, les os, les boyaux, en lapant de grandes rasades de lait entre deux bouchées. Nous, tétanisés, nous pleurions et levions les mains en nous recommandant à Zeus. Finalement, le monstre, le ventre plein, s'allongea au milieu de son troupeau et se mit à ronfler bruyamment. Mon premier instinct fut de le tuer en le frappant à la poitrine, avec l'épée rangée dans son fourreau le long de ma cuisse, mais je chassai vite cette idée. Si j'agissais ainsi, qui serait en mesure de retirer le lourd rocher qui obstruait la porte ?

Bien sûr. Ils seraient morts de faim, là-dedans, les malheureux. Quelle finesse d'esprit, Ulysse. La plupart des hommes, étourdis par la colère, se seraient laissé aveugler par leur instinct. Mais pas lui : même dans cette situation, il resta clairvoyant. Je le contemple avec adoration, de même que les autres convives. Chaque fois qu'il marque une pause pour porter sa coupe à ses lèvres, nous le prions en silence : « Parle encore, Ulysse ! Ne stoppe pas cette musique pour nos oreilles, ce miel pour nos âmes ! »

– Le lendemain matin, avant toute chose le Cyclope alluma le feu et entreprit de traire les femelles. Puis il les fit allaiter. Nous suivions chacun de ses mouvements, craignant l'inéluctable. Je sentais qu'il aurait bientôt un autre geste inhumain, et en effet : soudain il vint vers nous, qui étions tapis au fond de la caverne, saisit deux autres de mes compagnons et les dévora avec férocité, puis but du lait tout juste trait et fit un rot évoquant le grondement du tonnerre. Il se dirigea vers la sortie, déplaça le rocher, poussa dehors les bêtes et replaça sans attendre l'énorme pierre, nous enfermant à l'intérieur.

Je voudrais m'approcher de lui et lui prendre la main. Lui dire : « Que d'épreuves tu as traversées, mon héros, que d'angoisses, que de dangers, mais désormais tu es en sécurité ! » Mais ma présence lui est indifférente, je ne suis qu'une jeune fille et il est trop occupé à expliquer son stratagème : la veille il avait remarqué dans la caverne un tronc d'olivier, grand comme un mât de navire, à côté d'une des clôtures. Il s'en était approché pour l'examiner, il en avait caressé la surface rugueuse du bout des doigts et son esprit fomentait déjà un plan.

– Je taillai le tronc sur une longueur de deux bras et je le fis polir par mes compagnons. Puis j'en aiguisai la pointe et je le durcis dans le feu qui brûlait encore. Quand il fut prêt, je le cachai sous l'énorme tas de fumier. J'ordonnai à mes hommes, effrayés par ce que je tramais, de tirer au sort qui d'entre eux frapperait le monstre avec moi. La chance fut mon alliée : elle désigna les deux compagnons que j'aurais choisis, les plus valeureux. L'ignoble créature revint au crépuscule, fit entrer son gras troupeau dans la caverne et répéta les gestes du matin : traite, allaitement, puis il sépara les mâles des femelles, tandis que nos cœurs battaient la chamade et que nous nous demandions qui constituerait son prochain repas.

« Il attrapa deux d'entre nous, les fracassa contre le sol et les déchiqueta comme il avait fait avec les quatre autres : mes compagnons furent son dîner. Alors je pris mon courage à deux mains et m'approchai, portant un vase empli de vin. “Tiens, je l'avais apporté de mon navire en espérant que tu t'apitoierais sur notre sort et nous renverrais chez nous avec un présent. Bois donc et découvre comme le vin de notre navire est bon, infâme dévoreur de chair humaine !”

« Il me répondit d’un sourire moqueur et réclama tout de suite plus de vin. Pour me remercier, il m’assura qu’il me ferait un cadeau spécial. Trois fois je lui tendis le vin foncé, trois fois il l’engloutit goulûment, puis il me fixa, comme s’il sondait mon âme avec son grand œil vitreux. “Personne, c’est bien ainsi que tu t’appelles ? Eh bien, Personne, je te mangerai le dernier. Tu auras donc le loisir de me regarder engloutir tous tes compagnons. Voici mon cadeau : tu es content ?”

« Et il éclata d’un énorme rire qui nous fit trembler. Puis, ivre, il se jeta à terre, se coucha sur le dos et sombra dans le sommeil. Mes compagnons et moi le fixâmes avec inquiétude, jusqu’à être sûrs qu’il dorme vraiment. Puis il se retourna sur le côté : il rota et de son œsophage sortirent des bruits horribles. Le spectacle était effrayant, de temps à autre il ouvrait la bouche et régurgitait du vin mêlé à des lambeaux de chair humaine.

« C’était le moment.

« Je saisis le pieu acéré, poussai la pointe dans la braise et, une fois qu’elle fut incandescente, juste avant qu’elle prenne feu, je la retirai. Puis j’encourageai mes compagnons terrorisés : ce n’était pas le moment d’être lâches.

« Nous nous approchâmes silencieusement de Polyphème, le cœur au bord de l’explosion. Le monstre répugnant était toujours allongé, il ronflait et gargouillait. Nous nous regardâmes dans les yeux et d'un hochement de tête je donnai le signal : mes compagnons plantèrent le pieu ardent dans son œil, tandis que moi, d'en haut, je le faisais tourner et l'enfonçais profondément. Tout se passa très vite, la pointe lui brûla cils et sourcils, le globe oculaire grésilla.

« Le cri du monstre résonna dans la grotte et nous courûmes nous réfugier contre les parois.

« Quand il retira le bâton de son œil, le sang coula à flots.

« Il se tourna de tous les côtés, la bouche hurlante et l'orbite aveugle ruisselant ; il invoquait ses frères Cyclopes, qui vivaient dans les parages, sur les cimes venteuses, criant que quelqu'un voulait le tuer. Mais quand ceux-ci arrivèrent et, depuis l'extérieur, lui demandèrent les raisons de ce vacarme furibond en plein cœur de la nuit et qui donc avait essayé de le tuer, il répondit : "Personne ! C'est Personne !"

« Alors ils répondirent que si personne ne lui causait de tracas, il devait juste prier pour que Zeus le laisse en paix et invoquer son père Poséidon. Il retira la pierre qui obstruait la sortie, mais ses frères étaient déjà partis, le laissant seul au milieu de la nuit étoilée. Je me réjouis dans mon cœur d'avoir trouvé cette ruse du nom. »

L'étranger qui s'est retrouvé sur notre terre est le héros le plus multiple de mon temps. Je l'observe parler et se mouvoir, la fatigue s'est emparée de ses bras puissants, qui ont exterminé de nombreux ennemis et enlacé les hanches d'autres femmes. Je donnerais tout ce que j'ai pour devenir son épouse. Mais lui, il l'ignore. Il l'ignore et continue, tenant son public en haleine, de raconter comment il a échappé à Polyphème.

– Quand Aurore arriva avec sa pluie de roses, le Cyclope souleva le gros rocher et les rayons du soleil éclairèrent l'intérieur de la caverne. Il se plaça à l'entrée pour s'assurer que personne ne s'échappât, mais j'avais déjà préparé notre fuite. Il contrôlait minutieusement le dos des bêtes, pour éviter que nous filions en douce, alors j'avais attaché des moutons par trois et avais fixé un de mes compagnons au centre de chaque trio : ainsi, si le Cyclope tâtait les flancs ou le dos de ses bêtes, il ne pouvait effleurer mes hommes. Ils passèrent l'un après l'autre. Moi, je m'accrochai à un gros mouton laineux, qui sortit le dernier. Polyphème s'en émerveilla, car celui-ci sortait habituellement en premier. Il le caressa et tâta le sol à la recherche d'humains. Il aurait tant aimé me saisir et m'écraser sans pitié contre les rochers, pour m'écrabouiller la cervelle et me déguster lentement, mais cela ne se passa pas ainsi. Quand nous fûmes à bonne distance, je me décrochai du mouton et libérai mes compagnons de leurs cordes. Nous exultâmes d'avoir retrouvé notre liberté, malgré notre tristesse d'avoir perdu plusieurs des nôtres. Puis nous poussâmes les brebis grasses vers les navires et nous dépêchâmes d'embarquer. Les hommes, assis en ligne, ramèrent énergiquement, transpercés par la peur que quelqu'un nous poursuive.

« Quand le navire fut suffisamment loin du rivage, mais encore assez près pour que Polyphème m'entende, je criai : “Infâme Cyclope sans pitié ! Tu méritais cette punition, misérable ! Parce que tu n'as montré aucun respect pour Zeus, qui considère qu'un hôte est sacré, tu t'es entaché d'*ὕβϱις*, d'arrogance, de mépris sans limite.”

« Alors, furieux d'avoir été berné, il détacha le sommet d'un mont et le fit rouler vers la mer. L'énorme rocher plongea non loin de nous. S'il nous avait touchés, il aurait détruit notre navire à la proue turquoise, mais il nous rata. Néanmoins, la vague nous renvoya vers l'île maudite et son ogre. Alors moi, poussant avec un long pieu de bois contre la rive, j'incitai mes compagnons à ramer le plus vite possible pour échapper au danger. Quand nous fûmes revenus en pleine mer, je criai à nouveau au Cyclope, malgré les tentatives de dissuasion de mes hommes : ils craignaient sa colère et qu'il nous jette un autre rocher gigantesque. Pourtant, je hurlai de tout mon souffle : “Tu veux vraiment savoir qui t'a aveuglé ? Je suis Ulysse, roi d'Ithaque, fils de Laërte ! Je suis Ulysse destructeur de villes, le roi le plus rusé qui ait jamais sillonné les mers !”

« Il changea de voix et me répondit en gémissant, les mains dans ses cheveux ondulés : “Ulysse ? Alors tu… alors tu… tu es venu pour accomplir la prophétie ! Un devin m'avait prévenu, il y a longtemps. Je savais que cela arriverait, mais je m'attendais à un bel homme

grand et courageux, pas à toi, misérable pou qui as crevé mon unique œil en traître, après m'avoir tendu un piège avec du vin ! Maudit sois-tu ! J'invoquerai mon père, Poséidon l'ébranleur du sol, je lui demanderai de me rendre la vue et de te persécuter nuit et jour !
– Même le plus puissant des pères ne pourra te rendre la vue, mais prie-le donc !" lui répondis-je.

« Le Cyclope décrocha un autre morceau de montagne et le jeta à la mer, mais cette fois la vague nous poussa vers l'autre île, où nous attendait le reste de la flotte. À notre arrivée, nos compagnons lurent le désespoir sur nos visages, ils comptèrent ceux qui manquaient et eurent du mal à nous croire quand nous racontâmes le sort qu'ils avaient connu. Ils reprirent pourtant courage en voyant le troupeau et ce fut une soirée de joyeuses libations et de viande grillée. Nous mangeâmes et bûmes, assis sur la plage où nous nous endormîmes, bercés par un peu de sérénité retrouvée, laissant la peur se dissoudre dans les vagues impalpables des rêves. »

Quelle horreur, cette aventure ! Nous sommes tous soulagés de son dénouement. Le roi d'Ithaque nous parle ensuite du maître du vent, Éole, qui vit sur l'île d'Éolie, ceinte d'un mur de bronze qui se dresse sur la côte rocheuse. Éole a douze enfants, six garçons et six filles, mariés entre eux ; ils vivent dans la maison de leurs parents, où ils mangent des viandes grasses dont la cuisson enfume la cour. Ulysse et les siens y furent accueillis un mois entier, à la condition que le héros raconte la défaite d'Ilion[1] et le retour tourmenté des Achéens. Quand arriva le moment du départ, Éole lui fournit des hommes et une outre en peau de bœuf.

– Éole y avait enfermé l'impétuosité des vents, dont on entendait le sifflement. Il fixa l'outre au navire à l'aide d'une corde d'argent, si serrée qu'aucun souffle ne pouvait s'échapper. Puis il souffla Zéphyr dans les voiles, qui poussa les navires à la mer, où nous naviguâmes pendant neuf jours et neuf nuits, durant lesquels je dirigeai sans quitter l'outre des yeux. Je me méfiais de mes compagnons. Au dixième jour apparut à l'horizon notre terre natale. Il ne manquait que quelques heures pour l'atteindre et moi, ivre de joie mais vaincu par la fatigue, j'eus la faiblesse de m'endormir. Erreur fatale ! Mes scélérats de compagnons, croyant que le cadeau d'Éole renfermait de l'or et de l'argent que j'avais cachés, l'ouvrirent pendant mon sommeil.

Jamais je n'ai désiré construire quoi que ce soit avec un homme. J'ai dédaigné trop de Phéaciens, on me reproche d'être une princesse difficile. Et puis est arrivé ce héros beau comme un dieu, cet homme mûr, sage, intelligent comme personne, et il s'est emparé de mon cœur. Dès le premier instant j'ai capitulé, bien que je l'aie vu nu comme un déshérité, barbouillé de sel et épuisé par les tourments. Je savais que c'était l'un de ces hommes qu'on ne rencontre qu'une fois dans sa vie. Et maintenant c'est moi qui suis transportée par ses paroles.

1. Ilion est l'autre nom de Troie.

– Alors les vents ténébreux furent libérés : imparables, hors de contrôle. L'ouragan se leva et fracassa les flots, entraîna de nombreux compagnons dans les eaux, ballotta les navires. Pendant un instant, je désirai la mort et fus tenté de me jeter à la mer. Mais je résistai et me réfugiai au fond du navire, à couvert, attendant que toute cette violence prenne fin. Les rafales nous ramenèrent en arrière, loin en arrière, jusqu'à l'île d'Éole. Les survivants pleuraient. Nous descendîmes à terre et fîmes des provisions d'eau, nous nous restaurâmes et je partis, avec un héraut et un compagnon, vers la demeure d'Éole, où je le trouvai en train de festoyer avec sa famille. Je lui racontai ce qu'il s'était passé et le priai de m'aider encore. Mais il y eut un silence glacial, et il me chassa : "Pars sur-le-champ ! Je n'aiderai pas deux fois un homme haï des dieux !"

Ulysse continue de raconter, infatigable : son récit lui donne de la vigueur. Il nous parle ensuite des Lestrygons, qui vivent sur la roche escarpée de Lamos, terre de moutons où le berger qui rentre appelle celui qui prend la relève, où l'activité d'élevage ne s'arrête jamais et où un homme insomniaque serait payé deux fois : une parce qu'il garde les bœufs placides, l'autre parce qu'il surveille les brebis d'argent.

– Mes compagnons amarrèrent les navires dans le port étroit, où régnait le calme : moi seul laissai mon bateau noir, en arrière, ancré à un rocher en mer. J'allai explorer les environs ; on ne voyait aucune trace de champs labourés ni de travaux manuels, uniquement de la fumée qui s'élevait. Je choisis deux hommes et un héraut, pour qu'ils découvrent où nous nous trouvions. Ils rencontrèrent une jeune fille : c'était Antiphatès, la fille du roi des Lestrygons, descendue chercher de l'eau à la fontaine Artacie. Mes hommes lui demandèrent où était le seigneur de ces terres et elle indiqua la noble demeure du roi. Ils y trouvèrent la femme du roi, hideuse et grande comme une montagne. Soudain apparut le mari, lui aussi gigantesque, qui saisit un de mes compagnons et l'avala. Les deux autres partirent en courant vers les navires. Mais les Lestrygons, prévenus à grands cris, couraient déjà vers nous. Nos jambes se dérobèrent, tellement nous craignions ces créatures colossales dont un pas correspondait à vingt des nôtres. Alors que nous embarquions à la hâte pour fuir ce port maudit – il était étroit, empêchant le passage de plusieurs navires à la fois –, ils nous lancèrent des rochers en criant des injures. Ils firent plusieurs fois mouche, on entendit des bruits funestes de bois brisé et d'hommes tués. Je montai sur mon navire et coupai l'amarre.

Je devrais me contenir, mais je ne peux le quitter des yeux. Personne, ici, n'y parvient. Ulysse enchanteur, où ta prochaine aventure nous emmènera-t-elle ?

Il nous conduit sur l'île d'Ééa, royaume de Circé aux belles boucles, déesse terrible et séduisante, à la voix suave, sœur du dangereux Æétès : ils sont issus du dieu Soleil et de Perséis, l'une des océanides, les filles de Téthys et d'Océan, nymphes des eaux et des mers.

– Le navire ayant rejoint un port sûr, nous débarquâmes et passâmes deux jours et deux nuits dans ce lieu, fatigués, affamés et désespérés. Nous avions très faim. Le troisième jour je partis en exploration, armé d'une lance et d'une épée effilée. J'escaladai un coteau escarpé et cherchai du regard des signes de vie : j'aperçus un fleuve qui montait d'une large clairière, cachée derrière les bois. Je revins sur mes pas et envoyai plusieurs compagnons en expédition. Un dieu eut pitié de moi et plaça sur mon chemin un cerf assoiffé qui se dirigeait vers le fleuve, tourmenté par le soleil. La faim ne m'empêcha pas de viser avec précision, la lance de bronze vibra dans l'air et se planta dans sa colonne vertébrale. L'animal brama et tomba à terre, pendant que son âme s'envolait. J'accourus auprès de ma proie, retirai la lance, fabriquai à l'aide d'herbe et de surgeons une longue corde pour attacher ses pattes et le chargeai sur mes épaules. Ravis, mes compagnons préparèrent un déjeuner somptueux, nous festoyâmes jusqu'à la nuit et, repus de viande et de vin, nous endormîmes sur le rivage.

« Le jour suivant, je leur révélai que notre situation était désespérée : nous ne savions pas où était l'aube, ni le crépuscule, mais nous étions sur une île basse, explorable, et j'avais vu un fleuve : s'il y avait quelque chose de bon, nous devions aller le chercher. Leur cœur s'emballa immédiatement, à cause du souvenir de la peur ressentie devant le grand Cyclope mangeur d'hommes, puis au pays des Lestrygons. Quelle difficile expérience que d'être rejetés ou attaqués quand on se présente suppliants sur une terre malveillante !

« Mes compagnons pleuraient tristement, ils avaient peur, alors je m'assurai qu'ils fussent bien armés et les divisai en deux troupes, chacune dotée d'un chef : moi pour l'une, le valeureux Euryloque pour l'autre. Puis nous tirâmes au sort qui partirait le premier, et Euryloque fut désigné. Il se mit en route la tête basse, suivi de vingt-deux compagnons en larmes. Nous les observâmes disparaître dans le maquis, le cœur gonflé d'angoisse. »

Le héros espérait ne pas avoir abordé sur une énième terre inhospitalière, peuplée de créatures cruelles qui n'observaient pas les règles les plus sacrées du respect, de gens entachés d'*ὕβϱις*, qui haïssent la différence et ne craignent pas les dieux. Il nous décrivit la vallée où demeurait Circé : la tanière du loup, vers laquelle se dirigeaient ses compagnons. La magicienne habitait un ensemble de maisons en pierres carrées, protégé par des animaux sauvages : des loups et des lions qu'elle avait elle-même enchantés avec ses philtres magiques. Quand les compagnons d'Ulysse s'y présentèrent, ils ne furent pas attaqués, au contraire : des bêtes de montagne et de grands félins vinrent à leur rencontre en remuant la queue.

– Mes compagnons avancèrent jusqu'aux portes de la déesse aux belles boucles, qui chantait de sa voix mélodieuse. Ils approchèrent discrètement et celui qui parla fut Politès, chef d'hommes valeureux, cher à mon cœur, après avoir vu Circé penchée sur une merveilleuse broderie lumineuse, qu'elle réalisait de ses doigts savants.

L'image de cette déesse enchanteresse, sœur de Pasiphaé – la mère du Minotaure –, en train de filer, de chanter et de préparer ses pièges, se dissout devant l'évidence du sentiment qui a éclos dans mon cœur à l'instant même où je l'ai vu.

Perdue dans mes rêves d'avenir, je l'imagine sur le trône. Et, à nos pieds, des enfants joyeux. Puis la vérité me prend par le bras et me secoue, me crie dans l'oreille, à voix basse, que je suis une sotte : il a une épouse, qui l'attend depuis désormais vingt ans !

Ulysse nous explique comment ses compagnons furent appâtés. Comment Circé, aimable et hypocrite, leur fit franchir ses portes étincelantes, un par un. Tous, sauf Euryloque qui, méfiant, repartit en courant vers les navires. Entre-temps la captieuse les accueillait dans son repère et faisait semblant de prendre soin de ses hôtes, les rassasiant de mets goûteux : fromage, farine d'orge mélangée à du miel, le tout arrosé de vin de Pramnos.

Mais les misérables ne savaient pas qu'elle avait mélangé à la nourriture de funestes potions. Ils mangèrent et burent avec avidité, les ignorants, et quand elle les toucha avec un bâton, ils oublièrent Ithaque si lointaine : ainsi commença la métamorphose. En un instant, ils tombèrent à quatre pattes et se transformèrent en cochons couverts de soies, grognant comme s'ils sanglotaient. Elle les enferma dans un enclos et leur jeta des glands de chêne vert, de chêne et de cornouiller. Pendant ce temps, Euryloque était revenu aux navires, si bouleversé qu'il était incapable de prononcer un mot. Ulysse et les autres insistèrent, finirent même par se mettre en colère pour lui faire dire le peu qu'il savait : il s'était enfui avant d'entrer dans cette maison et n'avait vu ressortir aucun de ses compagnons, il craignait qu'ils aient été massacrés.

Sa voix.

La voix du fils de Laërte… je la voudrais tout entière pour moi.

Je voudrais qu'il murmure mon nom comme s'il désirait me posséder. Je voudrais qu'il le chuchote, tout bas, dans mon oreille.

Mais c'est impossible.

Parce que la voix du fils de Laërte est un baume pour nous, elle nous réconcilie avec notre instinct ancestral. Elle nous rappelle que nous sommes vivants, que nous devons nous battre pour obtenir ce que nous convoitons. Que rester des simulacres d'hommes, sans rêves, sous l'ombre d'une galerie, nous transformera en pierres. Lui, quoi qu'il arrive, il sait quoi faire :

– Je chargeai immédiatement sur mon épaule mon épée de bronze aux clous d'argent et mis mon arc en bandoulière, pendant qu'Euryloque, terrorisé, s'agrippait à mes genoux et me suppliait de ne pas retourner là-bas. Alors je partis seul et, sans hésiter, je franchis les murailles sombres, décidé à percer le mystère. Avant d'arriver à la demeure de Circé, je vis un garçon gracieux qui venait à ma rencontre, semblable à un dieu. C'était Hermès Argiphonte. Il me serra la main et s'adressa à moi avec empressement. Il me dit même que lui et moi étions parents. Il m'incita à être prudent, à ne pas faire confiance à la magicienne. Il me révéla ce qui était arrivé à mes compagnons, qui vivaient maintenant enfermés et transformés en cochons. Allié inestimable, Hermès me donna un remède grâce auquel je pourrais combattre la déesse au chant trompeur, et il m'expliqua par le menu comment me comporter. Il s'agit d'une plante magique, que seuls les dieux ont le droit de cueillir. Il la déracina et m'en montra les secrets : noires à la racine, ses fleurs ont la couleur du lait. Je n'en oublierai jamais le nom : *moly*.

Alors qu'il me semble entendre le chant caressant de Circé se disperser dans les ténèbres du soir, je suis tourmentée par le rêve de vivre auprès d'Ulysse. Je pense que chaque femme possède cent façons d'être heureuse, ou au contraire malheureuse. Dans ce dernier cas, elle a trois possibilités : montrer au monde son malheur, le partager avec quelques intimes ou choisir de ne le révéler à personne. Bien que consciente qu'il sied à une future reine de masquer les gouffres de son âme, je ne sais quelle option je choisirai.

Mon cœur saigne, serré par une certitude : il partira, je le sens, et j'enfermerai dans mon poing mon unique rêve d'amour. Dans chaque homme qui demandera ma main, dans chaque timbre viril qui effleurera mes oreilles, je chercherai sa voix calme racontant ses prodiges et la finesse de celui qui sait que le courage n'a pas de sens s'il n'est pas aussi donné aux autres.

Circé

Les voici, les idiots.

Hommes.

Animaux.

Cochons.

Quelle différence, au fond ?

Ils sont arrivés ici, épuisés par le voyage et les intempéries, cherchant ce que tous les hommes recherchent. De la nourriture. Un refuge. Une femme qui prenne soin d'eux. La projection de leur mère. Quel ennui, ces humains !

« Gardez de la vigueur, mes chers marins qui se vantent d'être soldats », pensais-je en les nourrissant. Et regardez-le, le chef de cette petite expédition, ce Politès plein de flatteries : c'est le cochon le plus gras.

Je les observe avec satisfaction, tapotant ma hanche avec le fin bâton.

Il a suffi de si peu pour les rendre bestiaux. Une potion. Leur voracité. Leur naïveté. Ma baguette n'est que la touche finale.

J'entends que quelqu'un approche, peut-être un retardataire ? Je rejette en arrière mes belles boucles tressées, et cours vers l'entrée. J'ouvre les portes : pour une fois, l'homme que je découvre est bien au-delà de mes attentes.

Je perçois tout de suite qu'il est différent des autres.

Il y a quelque chose de consumé en lui et en même temps d'intact. Quelque chose de tellurique que ne possèdent que les dieux, les titans et les centenaires. Pourtant il n'est ni dieu, ni vieux.

Il me scrute. Sa peau est brunie, il porte sur lui le parfum de la mer et quelques résidus de sel sur ses mains abîmées. J'admire ses épaules vigoureuses. En l'invitant à entrer, je l'imagine déjà à quatre pattes – quel glorieux trophée il ferait –, devenu bête, en compagnie des derniers arrivés. Je le fais asseoir sur un trône orné de clous d'argent et je pousse devant lui un tabouret pour qu'il y pose ses pieds.

Je répète les gestes habituels : je prépare l'extrait maléfique et le lui fais boire jusqu'à la dernière goutte. Je lui offre à manger. Puis je le frappe avec mon petit bâton en le sommant de s'allonger dans la cour. Il doit comprendre qui commande.

C'est alors que le sacrilège survient : ma magie ne fonctionne pas.

Comment est-ce possible ?

– Qui es-tu, voyageur ? D'où viens-tu ? Quelle est ta lignée ? Comment peux-tu résister à mes philtres, sinon grâce à un esprit plus rusé que mes stratagèmes ?

Il me fixe avec colère, et soudain je comprends tout. Comme si je le connaissais depuis toujours.

Parce que je suis prévenue depuis longtemps. Je me rappelle la prophétie d'Hermès Argiphonte, qui m'avait prédit la venue du héros de Troie. C'est Hermès, cette canaille ! Il a dû le prendre sous sa protection, je parie qu'il lui a donné le *moly* aux fleurs blanches.

Le visiteur sort son épée du fourreau placé contre sa cuisse et se jette sur moi comme s'il voulait me tuer, mais je ruse. Je sais que les hommes aiment nous voir soumises, alors je feins de le craindre, je pleure, je m'accroupis, je lui enlace les genoux et le flatte avec des mots de miel :

– Tu es Ulysse le multiple, je t'ai reconnu ! Ne sois pas fâché contre moi, j'ai beaucoup de choses à te donner que tu apprécieras. Allez, range ton épée et allongeons-nous sur le lit, afin que nos corps se découvrent et apprennent à se faire confiance.

Il m'examine, agacé par mes flatteries. Que ces hommes sont inquiets ! Toujours à craindre de perdre quelque chose.

– Circé, d'abord tu transformes mes hommes en cochons, puis tu tentes de me piéger à mon tour. Et ensuite tu me demandes de faire l'amour dans ta couche, pour me forcer à une nudité impuissante ? Comment puis-je être certain que tu ne médites contre moi aucune autre sournoiserie ?

– Je te l'assure, Ulysse. Je ne te ferai rien.

– Jure-le.

Je prête serment en souriant à son esprit merveilleux et circonspect.

Nous montons vers ma chambre, laissant les salles où travaillent mes quatre servantes, des filles des bois, des sources et des fleuves. L'une d'entre elles couvre les trônes de tissus moelleux, puis de tapis pourpre devant lesquels une autre dispose des tables d'argent et, dessus, des paniers décorés ; la troisième apporte des coupes en or, remplies de vin, la dernière fait chauffer de l'eau sur un grand trépied.

J'invite Ulysse à entrer dans le bain, je fais apporter de l'eau tiède et la verse doucement sur sa tête et ses épaules, pour le libérer de la fatigue. Je fais glisser mes mains sur ses membres, il ferme les yeux et moi, je l'admire telle une panthère qui a renoncé au caprice de le dévorer. Il y a des hommes qui ne valent rien, ou pas grand-chose – la plupart –, et des hommes de valeur – très peu. Ulysse est un guerrier attirant, je le sais, comme le savent les autres femmes qui, mortelles ou non, se sont abandonnées dans ses bras. Mais il y a quelque chose de plus en lui : ce ne sont pas seulement son charme, son corps solide, son héroïsme et la patience avec laquelle il a supporté les pièges de l'ailleurs, c'est aussi son esprit, capable de se frayer un chemin dans le sillage des catastrophes et de tirer le meilleur de la plus fine poussière. Il sait imaginer ce que réserve le destin, deviner les probabilités et prévenir les réactions de l'âme humaine. Il sait calculer, réinventer, écarter les contretemps. Et il sait aussi, au besoin, se laisser aller en déployant sa plus profonde essence humaine.

Ces talents réunis ne peuvent échapper à un bon observateur : s'il regarde le roi d'Ithaque dans les yeux, il y trouvera écrite chacune de ces choses.

Je lui enfile une superbe tunique et un manteau – les hommes aiment être cajolés par des mains féminines et moi, je le contente –, comme tout à l'heure je le fais asseoir sur un trône orné de clous d'argent et pose sous ses pieds un tabouret. La servante place à côté de nous une table pour les victuailles ; l'intendante y dépose de la nourriture riche et abondante, mais le héros ne semble pas apprécier.

– Pourquoi ne touches-tu ni à la nourriture, ni à mon vin doux, Ulysse ? Crains-tu d'autres mésaventures ? J'ai pourtant prêté serment, tu le sais : même si je le voulais, je ne pourrais plus te causer de tort. Et de toute façon, je ne le veux pas : nous venons de nous réconcilier, non ?

– Quel homme digne d'être appelé ainsi pourrait se délecter alors que dehors, enfermés dans un enclos, ses hommes sont transformés en cochons ? Si vraiment tu tiens à me voir manger et festoyer, Circé, libère-les et amène-les-moi.

A-t-il perçu mon sourire énigmatique au moment où je tournais les talons pour le contenter ? A-t-il remarqué que j'ai saisi mon bâton pour briser l'enchantement et que je n'arrive pas à lui en vouloir ? Telles sont les pensées qui occupent mon esprit quand j'ouvre la porte de la porcherie et que j'aperçois ses compagnons, ronds comme des cochons de neuf ans.

Ulysse m'a suivie. Après tout, il en a trop vu pour supporter une nouvelle douleur. Il a été ballotté par les mers, il a touché plusieurs fois le fond, il a été rejeté sur des plages hostiles. Il n'est qu'un exilé. Tout monarque privé de son palais et de ses terres peut devenir un paria, s'il quitte son royaume.

Pourtant, malgré son esprit créatif, Ulysse ne sait pas ce qui l'attend, parce qu'il ne possède pas le don de divination. Par exemple, il croit pouvoir les sauver, ses compagnons que je tapote de mon bâton pour qu'ils redeviennent hommes. Il compte les ramener chez eux, à leurs femmes et leurs enfants. Il ne sait pas que dans moins d'un an il les perdra. Il ne sait pas que, après tous ces tourments et ces efforts, ils mourront dans un naufrage, encastrés dans les abysses de la mer couleur de poix.

Mais pour le moment, ces cochons se réapproprient leurs traits humains. Je les ai même embellis, Ulysse l'a remarqué : il s'en est étonné, en voyant les soies se détacher de la couenne.

Ayant retrouvé leurs bras, leurs jambes et leurs longues barbes, ils pleurent comme des veaux autour de la vache, maintenant qu'ils voient leur maître d'équipage. Ils veulent se hâter vers leurs navires, les tirer au sec, entasser dans des cavernes leurs trésors et tous leurs instruments de navigation : ils implorent leur roi de les emmener.

Lui les écoute, mais décide de revenir vers moi. Il sait bien que leurs corps ont besoin de nourriture et de repos pour se revigorer, c'est ainsi qu'il convainc ses compagnons.

Je le suis des yeux tandis qu'il part avec les siens, jusqu'à disparaître dans les épais fourrés derrière ma maison, tout en caressant le lion sournois qui se frotte contre ma jambe. Lui aussi, autrefois, avait une autre apparence.

Il est tellement avisé, le multiple Ulysse, qu'il a compris que les femmes comme moi ne connaissent pas la demi-mesure : elles sont soit des ennemies, soit des alliées. J'ai essayé d'être son ennemie. Les hommes qui arrivent ici sont d'abord appâtés, puis châtiés : il m'en faut si peu pour les transformer en animaux. C'est le seul moyen de les empêcher de me dominer. Si je n'utilisais pas ma magie, ils en profiteraient, comme cela arrive dans toutes les contrées, d'Orient en Occident, dans les lieux déserts, dans les arrière-pays fertiles, dans les cités de montagne ou celles baignées par la mer : la femme, à notre époque antique, ne sert qu'à procréer, à s'occuper de la famille ou à satisfaire le plaisir des hommes.

Pour moi, qui n'accepte aucun de ces rôles, la seule façon d'échapper à cet enfermement est de capturer quiconque m'approche et le rendre inoffensif. Pour cette raison j'aurais largement préféré m'ériger en adversaire d'Ulysse, mais Hermès ne l'a pas permis.

Le fils de Laërte reste jusqu'à la fin de l'année, chaque jour identique au précédent, en sécurité chez moi.

Il ne demande rien, parfois je le vois soucieux, mais ce sont ses compagnons inutiles qui, quand les saisons reviennent et que les longues journées prennent fin, recommencent à se lamenter et tentent de convaincre le héros de lever l'ancre.

Lui m'implore, dans le lit, après m'avoir donné du plaisir :

– Circé, nous devons repartir.

– Le désires-tu vraiment, ou sont-ce tes toutous qui le demandent ?

– Quand tu n'es pas là, ils passent leur temps à pleurnicher, c'est vrai. Pour autant, je le veux vraiment.

– Alors pars. Je ne te retiens pas contre ta volonté.

Ulysse l'ignore, mais je n'attends que cela. Je suis en train de me lasser d'eux. De ses limiers qui se donnent des airs de grands conquérants mais qui sont seulement capables de regretter ce qu'ils n'ont plus. Qu'ils s'en aillent, loin.

Il y a tant de façons d'aider une personne. La plus sincère est de partager avec elle ses propres connaissances, et moi, je veux être généreuse.

– Divin fils de Laërte, avant de partir d'ici tu dois faire un voyage. Tu dois te rendre chez Hadès et la terrible Perséphone, le roi et la reine du royaume des Enfers, et attendre l'âme du devin aveugle de Thèbes Tirésias, pour qu'il te révèle ton sort.

Le voilà qui se remet à pleurer.

– Qu'as-tu, Ulysse ?

– Comment y arriverai-je ? Qui me guidera ?

– Ne te soucie pas de cela : ton navire ne manquera pas d'un guide. Toi, hisse le grand mât et déploie les voiles blanches, le souffle de Borée poussera ton vaisseau à travers le profond Océan. Vous appareillerez vers le vestibule de l'au-delà sans même avoir besoin de vous orienter grâce aux étoiles. Tu reconnaîtras les fleuves des Enfers : le Phlégéthon et le Cocyte qui confluent dans l'Achéron.

Ulysse me regarde, perdu ; je reconnais en lui l'horreur que les humains ont de la mort. Je voudrais le rassurer et lui dire que les mortels sont aussi effrayés par la mort que nous, les immortels, le sommes par l'éternité. C'est un paradoxe sans issue : ne pouvant en éprouver aucune des deux, les vivants sont doublement écrasés. Nous, les divins, sentons la mort souffler sous notre nez, au point d'être presque agacés qu'elle nous ignore. C'est pour cela que nous demandons aux hommes des sacrifices où le sang est versé – des animaux égorgés sur les pierres sacrées de nos autels, pour que nous soit donnée, pendant le bref temps de la liturgie, l'illusion magnifique de la caducité.

– Quand tu reconnaîtras l'endroit, creuse une fosse longue d'une coudée et dépose une offrande pour ceux qui ne sont plus : du lait et du miel, puis du vin et enfin de l'eau. Ensuite, verse dessus de la farine blanche d'orge. Promets aux défunts que tu immoleras, une fois rentré à Ithaque, la plus belle vache stérile. Promets aussi que tu couvriras le bûcher de dons précieux. Et offre à Tirésias le mouton le plus noir :

garantis-lui, et à lui seul, que tu l'immoleras. Enfin tu devras prier les lignées nobles des morts, en sacrifiant un mouton et une brebis noire. Tu les pencheras vers le bas, là où se trouve l'Érèbe, et tu tourneras le regard vers le lointain, pour chercher le lit du fleuve. Tu ordonneras à tes compagnons de dépecer et brûler des animaux égorgés, mais surtout de prier les dieux des Enfers, Hadès et Perséphone. Parce que ce sera alors le moment.

– Que se passera-t-il ? me demande-t-il avec effroi.

– Les âmes des morts arriveront.

Je voudrais lui expliquer que les simulacres des défunts ne sont pas comme les vivants. Ils se comportent de manière plus instinctive et irrationnelle, ils se poussent et se heurtent comme les vagues provoquées par des cailloux jetés dans un étang. Ils ne ressentent pas d'empathie les uns pour les autres, quelque chose d'irréparable les sépare de ceux qui respirent.

– Tu ne devras pas prendre peur, fils de Laërte. Tu défendras le sang versé en brandissant ton épée, ainsi tu éloigneras les têtes vides des morts. Ce sang sera avant tout pour Tirésias, le seul en mesure de te dire combien de temps tu devras encore errer, et si et quand tu retourneras à Ithaque.

Pendant que j'ajoute des détails, nous entendons un bruit sourd. Nous courons voir ce qu'il se passe et le spectacle est effroyable : un compagnon d'Ulysse, le jeune Elpénor, est tombé du toit et s'est brisé le cou. Peu habile au combat, il s'était endormi, bercé par l'extase du vin, puis avait été réveillé en sursaut par le vacarme de ses compagnons et avait oublié l'échelle, ce qui a provoqué la chute fatale.

Les voilà à nouveau en pleurs, les guerriers intrépides qui ont brûlé Troie : ils versent des larmes et s'arrachent les cheveux. Les plus grands héros de leur temps. Ceux qui ont pendant dix ans assiégé la glorieuse cité, avant de la mettre sans pitié à feu et à sang.

Leur chef les encourage à partir, c'est la meilleure chose à faire, une mission importante les attend. Je les accompagne au navire mais personne ne remarque ma présence. Qui pourrait apercevoir une déesse qui va et vient quand elle ne veut pas se dévoiler ?

Ils s'en vont, sous un ciel couronné d'inoffensifs nuages blancs.

Je tourne le dos à la proue turquoise qui dessine un sillon dans la mer changeante, en pensant que, même s'il vaut peut-être mieux le perdre que le trouver, un homme comme lui, hélas, je n'en rencontrerai jamais plus.

Intermède – Athéna

Moi, Athéna aux yeux pers, déesse née dans un grand cri, de la déchirure de la tête de mon père Zeus, j'escorte cette fois encore le roi d'Ithaque : il n'est pas sage qu'un homme touche sans protection la frontière entre le monde des vivants et celui des ombres.

La navigation dure un jour entier sur les eaux d'Océan au fond trouble, jusqu'à ce que l'embarcation accoste au pays des Cimmériens, un peuple enveloppé dans la brume et les nuages. Ils ne sont jamais embrassés par le soleil resplendissant, ils ne connaissent que le brouillard et la nuit noire.

Ulysse est zélé : il suit sans se tromper les indications de Circé la magicienne et repère l'endroit. Il creuse une fosse longue d'une coudée et large d'autant, y apporte du miel et du lait, verse du vin doux et de l'eau, puis saupoudre le tout de farine blanche d'orge. Il fait descendre des brebis du navire, les égorge, promet qu'il immolera la plus belle des jeunes génisses et, juste pour Tirésias, un bélier noir. Il prie et invoque les dieux, le moment est solennel. Jusqu'à ce qu'il procède aux sacrifices, faisant jaillir le sang noir.

Il reste courageux, Ulysse, même en voyant les âmes des défunts arriver en nombre de l'Érèbe.

Elles sont dix, cent, mille.

Des âmes jeunes et vieilles, abattues par la douleur. Des épouses mortes prématurément, des guerriers déchiquetés dans des batailles, blessés par des armes de bronze. Le fils de Laërte donne des ordres à ses compagnons – qu'ils brûlent vite les bêtes tuées au nom des souverains du royaume souterrain, Hadès et Perséphone – tout en maintenant les têtes des morts loin du sang et en brandissant son épée acérée.

Il attend le devin Tirésias.

Mais d'abord apparaît Elpénor, mort le cou brisé chez Circé par excès de vin et d'imprudence. Il implore de ne pas laisser son corps sans sépulture à Ééa, demande qu'on lui érige un tombeau et qu'on y plante une rame, en témoignage de ses nombreux voyages. Ulysse est un homme compatissant : il promet de le contenter.

Arrive ensuite le spectre de sa mère défunte, Anticlée, fille d'Autolycos, femme de Laërte. Ulysse a un coup au cœur, elle était vivante quand il l'a laissée à Ithaque, tant d'années auparavant. Toutefois, il ne lui dit pas un mot : il veut d'abord écouter Tirésias. Enfin il aperçoit le devin. Même lui ne me voit pas, moi, Athéna : tant mieux, au moins il ne se rappelle pas quand il a perdu la vue à cause d'un sacrilège, du temps où ses pieds foulaient encore la terre des vivants. Cela lui a coûté cher, de m'espionner en train de me baigner nue.

Ces hommes ne savent jamais rester à leur place. Je lui ai ôté la vue, mais lui ai fait don de la divination. Tirésias a apprécié le raffinement de mon dédommagement.

Il s'approche d'Ulysse et lui demande pourquoi il a quitté la lumière du soleil pour entrer dans ces lieux ténébreux. Mais il n'a pas besoin de réponse : Tirésias le Thébain sait déjà tout. Il attend qu'Ulysse repose son épée, puis boit avec avidité le sang des sacrifices et profère des paroles véridiques :

– Je sais que ton seul désir est un retour tranquille, malheureusement il n'en sera pas ainsi. Un dieu est en colère contre toi parce que tu as rendu son fils aveugle : c'est Poséidon l'ébranleur du sol, père de l'insolent Polyphème. Mais si tu fais comme je te dis, tu arriveras bientôt là où tu le souhaites. Écoute-moi bien. Quand toi et tes compagnons accosterez sur l'île de Trinacrie, ne vous laissez pas tenter par les vaches sacrées du dieu Soleil. Gare à qui y touchera !

Ulysse écoute. Il respecte les règles et les conseils. Mais il sait que tout ne dépend pas de lui, il lui a parfois été impossible de gouverner ses compagnons. Comme le jour où ils ont ouvert l'outre des vents, les malheureux. Tirésias poursuit son avertissement :

– Si vous laissez intacts les troupeaux gras et les pâturages du dieu Soleil, il vous sera concédé de retourner à Ithaque, bien qu'avec quelques embûches. Mais si vous importunez ne serait-ce qu'un seul des animaux sacrés, je prévois une catastrophe. Peut-être seras-tu sauvé, mais tu seras le seul : et que de dégâts autour de toi ! Tu retourneras dans ta patrie sur un navire étranger, tu y trouveras des princes arrogants qui veulent te détrôner et tu ravaleras ta fierté le temps de les exterminer un à un, par la ruse et par les armes. Mais ce n'est pas tout. Quand tu auras reconquis ton pouvoir, tu repartiras, parce que ton étoile polaire est le voyage. Tu es le symbole de tous les hommes qui ont goûté la poussière du monde. De ceux qui ont vu de loin des montagnes, contourné des archipels et ont eu le goût du sel dans la bouche, de ceux qui se sont perdus en mer ou qui ont fui la terre ferme. Tu ne trouveras pas la paix à Ithaque car tu es citoyen des vagues infatigables. Tes racines ne suffiront pas, tu ne pourras t'opposer à ta nature. Alors tu repartiras, tu iras jusqu'aux hommes qui ne salent pas leur nourriture et ne connaissent pas les navires à la proue peinte en rouge. Là, un vagabond te dira que tu as un van[1] sur les épaules : ce sera le signal. Tu pourras rentrer chez toi. Mais d'abord, je t'en conjure : plante une rame dans le sol et calme Poséidon en lui sacrifiant un mouton, un taureau et un cochon. Puis rentre à Ithaque et n'oublie pas, en arrivant, les hécatombes sacrées pour tous les dieux, aucun ne doit être oublié. La dernière partie de ta vie sera douce : tu mourras vieux, loin de la mer, entouré d'un peuple riche. Et ta mort sera enviable.

– J'accepte mon sort, Tirésias : ainsi en ont décidé les dieux. Mais ôte-moi un doute : j'ai vu ma mère

1. Panier plat dont on se servait pour séparer la paille du bon grain.

défunte, elle ne parlait pas, elle ne me regardait pas en face. M'a-t-elle reconnu ?

– Elle pourra te reconnaître et te parler si tu la laisses approcher le sang. Tous ceux d'entre nous qui s'abreuveront du liquide rouge te diront la vérité. Ceux que tu n'inviteras pas à approcher s'en iront.

Je ne sais pas ce qu'est l'amour pour sa mère, moi qui ai été englobée dans le corps de mon père Zeus, quand celui-ci avala Métis qui me portait dans son ventre. Je ne sais pas non plus ce qu'est l'amour maternel, moi qui ai été élevée par Triton et ai grandi en me battant avec ma meilleure amie, Pallas.

Mais je perçois le trouble d'Ulysse quand se manifeste à nouveau sa mère Anticlée. Il lui accorde de boire le sang noir : alors elle le reconnaît et, effrayée, s'adresse à lui en pleurant.

– Mon fils adoré, pourquoi es-tu ici ? Ne crains-tu pas les fleuves des Enfers ? Arrives-tu de Troie ou es-tu retourné à Ithaque, où Pénélope t'a tant attendu ?

Ulysse la regarde, ému.

– Si seulement, ma mère ! Je n'ai jamais retrouvé Pénélope. Depuis que j'ai décidé de suivre Agamemnon à Troie, je voyage. Une magicienne m'a envoyé dans le royaume des morts, pour connaître mon destin : Tirésias m'a dit que je rentrerais à Ithaque et cela me suffit. Mais toi, ma très chère mère… pourquoi es-tu ici ? Je t'ai laissée vivante et en bonne santé, il y a presque vingt ans. De quoi es-tu morte ? Une longue maladie t'a-t-elle emportée ? Ou Artémis t'a-t-elle transpercée d'une de ses flèches mortelles ? Qu'en est-il de mon noble père ? Et de mon petit Télémaque ? De ma femme ? M'attend-elle encore ou a-t-elle épousé un noble usurpateur ?

– Pénélope pense à toi lors de ses nuits solitaires et verse des larmes durant ses difficiles journées. Télémaque a grandi, il administre les terres et participe aux banquets. Ton père Laërte ne prend plus part à la vie de la cité, il s'occupe des champs et dort sur un grabat avec les esclaves. Il s'installe près du feu, sur les cendres, en haillons. Il te pleure souvent, consume sa malheureuse vieillesse dans la mélancolie. Moi-même, c'est pour cela que je suis morte : je n'ai pas été frappée par Artémis déesse des Bois, ni par la maladie, simplement tu me manquais, mon fils adoré.

Nous, les dieux, nous émouvons souvent des effusions des mortels. Mais voir ce fils adulte qui tente en vain d'embrasser sa mère me procure une sensation très semblable à ce que les humains nomment affliction. Par trois fois il enlace le vide car l'image de sa mère est impalpable, comme un rêve. Je sens la peine dans la voix du fils de Laërte :

– Mère, pourquoi ne puis-je te serrer dans mes bras ? Est-ce une ruse de Perséphone ?

– Il n'y a aucune ruse, mon fils. Ceci est la loi de l'au-delà : quand on meurt et que l'âme s'envole, le feu furieux détruit avec violence les nerfs, la chair et les os.

Au moment où le fantôme d'Anticlée prononce ces paroles, arrive une foule de femmes qui furent les épouses et les filles d'hommes illustres. Elles se pressent autour du sang, appel irrésistible. Ulysse les laisse boire une à une, afin que chacune puisse lui raconter sa lignée.

C'est d'abord au tour de Tyro, fille du noble Salmonée, épouse de Créthée, fils d'Éole. La jeune fille s'était entichée du plus beau des fleuves qui sillonnent la terre, le divin Énipée. Pour s'unir à elle, Poséidon se transforma en un fleuve semblable à Énipée et la posséda à l'embouchure, cachant leurs ébats par une immense vague. Puis arrive Antiope, fille d'Asopos. Je ne les comprends pas, ces mortelles qui se glorifient d'avoir été pénétrées par un dieu : l'idiote se vante d'avoir donné deux enfants à mon père Zeus – Amphion et Zéthos –, qui fondèrent Thèbes aux sept portes. Elle n'a pas compris, Antiope, que les dieux sont aussi prompts à s'amouracher d'une humaine qu'à l'oublier. En effet, c'est au tour d'Alcmène, femme d'Amphitryon, elle aussi amante de Zeus, de qui elle enfanta Héraclès.

La suivante à se désaltérer dans la mare de sang est Jocaste, mère d'Œdipe, celle dont naquit l'amour filial équivoque. Quand elle découvrit avoir aimé chaque nuit son propre fils, uni à elle par les liens sacrés du mariage, qu'elle prenait pour un étranger venu de Corinthe, elle ne put le supporter. Elle attacha une corde au haut plafond et se pendit, couverte de honte, laissant à Œdipe la douleur, la cécité et les larmes dans le royaume des Cadméens.

Apparaît Léda, épouse de Tyndare, mère d'Hélène et Clytemnestre, mais aussi de Castor et Pollux, les Dioscures nés de Zeus, protecteurs des navigateurs dans les tempêtes marines. Par une faveur de leur père, ils ne sont spectres qu'à moitié : un jour ils marchent dans le royaume des vivants, le lendemain, dans celui des morts.

Puis Ariane, éperdue d'amour pour Thésée, au point de l'aider à vaincre le Minotaure, son demi-frère. D'autres femmes se succèdent, qui toutes disent quelque chose au roi d'Ithaque.

Le cœur d'Ulysse est à nouveau en émoi quand il voit s'approcher l'ombre d'Agamemnon. Celui qui fut le souverain de Mycènes avance maintenant le visage sombre, autour de lui sont rassemblées les âmes de celles et ceux qui trouvèrent la mort le même jour et sous le même toit que lui : concubines et soldats. Il a perdu de sa vigueur d'antan, il pleure et gémit douloureusement, il voudrait étreindre son compagnon d'armes mais n'y parvient pas.

Quel chagrin de voir le peu qu'il reste d'un héros !

Ulysse pleure avec lui :

– Ô glorieux Atride, maître des armées, que t'est-il arrivé ? Es-tu mort en mer, ballotté par la tempête, ou bien as-tu été tué sur la terre ferme par des hommes hostiles après que tu as volé leurs troupeaux ou violé leurs femmes, ou après que tu as essayé de piller une nouvelle cité opulente ?

– Ô valeureux Ulysse, le plus rusé des hommes, je suis mort de la main d'un traître. Égisthe a ordonné mon meurtre, avec la complicité de ma femme Clytemnestre. Je fus tué comme un bœuf à sa mangeoire, chez Égisthe qui m'avait invité à partager un repas, et qui a ensuite exterminé tous ceux qui étaient venus avec moi. Crois-moi, cher Ulysse, tu aurais été impressionné. Tu as vu beaucoup de sang couler sur les plages de Troie, et ailleurs. Pourtant, ce triste spectacle de mort t'aurait frappé tel un coup de poing toi aussi : nous gisions sans défense autour du cratère[1], dans la grande salle, à côté des tables, et autour de nous l'odeur du sang se répandait. Clytemnestre frappa la fille de Priam, la princesse Cassandre, ma concubine, qui tomba sur moi au moment où, transpercé par une épée, je battis des mains sur le sol et exhalai mon dernier soupir. Ma chienne de femme partit sans même me fermer les yeux et la bouche, alors que mon esprit descendait vers l'Érèbe.

– Pourquoi Clytemnestre te haïssait-elle autant ? Était-elle jalouse de Cassandre ?

– Elle ne m'a jamais pardonné le sacrifice d'Iphigénie. Elle était très proche de notre fille. De plus, n'oublie pas que planait sur moi la malédiction de la lignée d'Atrée. Enfin, Clytemnestre était une femme déloyale. Ne fais pas confiance aux femmes, Ulysse. Au moins la tienne est différente, la sage Pénélope. Je me souviens que, quand nous avons levé l'ancre, elle allaitait encore le

1. Grand vase utilisé dans l'Antiquité pour mélanger le vin et l'eau.

petit Télémaque. Il doit être un homme, désormais : quelle joie ce sera pour toi de le serrer à nouveau dans tes bras. Moi, après des années loin de chez moi, je n'ai même pas pu revoir mon aimé Oreste. Ma femme m'a tué avant. M'apportes-tu des nouvelles de mon fils ?

– Je suis désolé, glorieux Agamemnon, je ne sais rien de lui, alors je préfère me taire plutôt que proférer des paroles dans le vent.

Voici comment les deux personnes qui ont présidé au destin des peuples rassemblés autour de Troie, l'un avec le talisman de son pouvoir, l'autre grâce à son esprit raffiné, parlent désormais de leurs malheurs passés et se plaignent l'un l'autre, jusqu'à ce qu'arrivent Achille Péléide, Patrocle, Antiloque et Ajax, fils de Télamon.

– Que fais-tu ici, Ulysse ? commence Achille Éacide. Je me souviens de toi, téméraire et rusé : comment as-tu pu arriver dans l'au-delà peuplé de morts sans corps, où ne se rencontrent que les simulacres de ceux qui se sont éteints ?

– Je suis venu demander à Tirésias de me révéler si je retournerai ou non à Ithaque. Achille, toi qui étais le plus valeureux des héros rassemblés autour de Troie… cela a été un honneur de combattre à tes côtés. Quand tu es mort, nous nous sommes coupé les cheveux et nous avons versé de chaudes larmes. Ta mère, suivie des nymphes, est arrivée de la mer en hurlant : sa douleur déchirante volait sur l'eau. Je me rappelle encore les honneurs funèbres que nous t'avons rendus. Nous t'avons pleuré dix-sept jours durant, avec les nymphes et ta douce mère, pendant que les Muses chantaient, puis nous avons dressé un bûcher où tu as brûlé, non sans sacrifices : tu étais magnifique dans tes vêtements divins, le corps recouvert de miel et d'onguent. Nous avons conservé tes os dans une amphore en or – œuvre d'Héphaïstos et cadeau de Dionysos – plongée dans du baume et du vin. Mais toi, Achille, qui étais le plus beau et le plus intrépide, ici aussi tu as du pouvoir, j'imagine.

– N'essaie pas d'adoucir ma mort, cher Ulysse. Je me moque du prestige parmi les ombres, je préférerais mille fois être vivant et servir un pauvre fermier, plutôt qu'être le premier des défunts. Mais parle-moi de mon fils Néoptolème : comment va-t-il ? Et mon père Pélée ? Règne-t-il toujours sur les Myrmidons ou la vieillesse accable-t-elle ses mains et ses pieds ? Si seulement je pouvais être auprès de lui, le défendre contre les affronts et massacrer les tyrans comme j'abattais les ennemis dans la vaste plaine de Troie…

– Je n'ai pas de nouvelles de ton noble père, mais je peux te parler de ton illustre fils. Néoptolème est venu combattre avec les Achéens aux robustes jambières, je l'ai moi-même conduit à Troie depuis Scyros. Lors des conseils de guerre il parlait toujours avec sagesse, presque autant que moi et Nestor, pareil à un dieu. Quand il fallait combattre, il se jetait avec courage dans la mêlée et tuait des dizaines d'ennemis. Par ailleurs, il était sans aucun doute le plus beau des guerriers d'Argos, après Memnon. Mais je veux te raconter quelque chose. Quand nous, les meilleurs guerriers grecs, nous cachâmes dans l'*Ἵππος* construit par Épéios, nombre d'entre nous tremblaient devant l'incertitude du futur. Enfermés, nous ne savions pas ce que nous allions devenir, si les Troyens nous accueilleraient dans l'enceinte des Portes Scées ou nous mettraient le feu. Malgré cela, jamais je ne vis Néoptolème hésiter, ni sécher une larme, ni pâlir sous le fouet de la peur. Au contraire : il voulait savoir quand commencerait l'attaque, il réfléchissait à comment massacrer les Troyens, avec son épée brillante et sa lance de bronze. Quand la guerre s'acheva enfin, il rentra chez lui sain et sauf, il avait amassé un riche butin sur ses navires, comme le méritait son cœur intrépide.

Après avoir reçu ces bonnes nouvelles, Achille s'en va heureux dans les spectrales prairies d'asphodèles. Les autres âmes, elles, vomissent leur douleur avec tristesse. Seule celle d'Ajax, fils de Télamon, se tait : peut-être ne pardonne-t-il pas à Ulysse l'offense concernant les armes d'Achille ? Armes qu'il aurait voulu recevoir à la mort du héros, mais qui furent assignées au fils de Laërte. Ceci mit Ajax dans un tel état de rage qu'il finit par se suicider. Encore consterné de ce triste épilogue, Ulysse ne voudrait pas laisser s'enfuir l'âme d'Ajax :

– Ajax, immense Ajax, pourquoi m'ignores-tu ? Même mort tu me gardes rancune ? Si seulement je n'étais pas sorti vainqueur de notre querelle ! Je l'ai tant regretté ! Nous avons souffert de ta mort, nous les Grecs, pas moins que de celle d'Achille Péléide. Je t'en prie, arrête-toi, parle-moi ! Dépassons ensemble notre amertume et tempère ton dédain…

Mais le colérique Ajax s'en va, il retourne à l'Érèbe, le visage aussi lugubre qu'à son arrivée.

Ulysse est immédiatement distrait par la présence de mon frère Minos, lui aussi fils de Zeus. Puis du géant Orion, qui chasse avec insouciance dans les prés d'asphodèles, armé de sa massue en bronze massif.

Ulysse est stupéfait, néanmoins il observe avec attention, avide de connaissance.

Il voit le géant Tityos, fils de Gaïa, son corps de neuf jugères[1] immobilisé au sol. Deux vautours lui dévorent le foie, pour l'éternité. C'est sa punition pour avoir violé Léto, compagne de Zeus, mère d'Apollon et d'Artémis.

Puis le vieux Tantale, attaché à un arbre dans un lac d'eau douce qui lui effleure le menton. Chaque fois qu'il essaie de boire, l'eau se retire et un démon assèche le lac. Chaque fois qu'il tend la main pour cueillir les fruits de l'arbre – poires, grenades et pommes, olives et figues sucrées – un souffle de vent éloigne les branches. Il est coupable de plusieurs fautes. La plus grave est d'avoir fait cuisiner de la chair humaine pour la servir aux dieux qu'il avait invités à sa table, convaincu qu'ils ne s'en apercevraient pas. Or ceux-ci ont immédiatement découvert le sacrilège et Zeus, furieux,

1. Unité de surface agraire, non connue exactement de nos jours.

l'a foudroyé et jeté aux Enfers, puis il a redonné vie aux victimes de sa folie. Toutefois, la première raison de sa condamnation est le vol, dans le dos des dieux, de nectar et d'ambroisie.

Le roi d'Ithaque reconnaît aussi Sisyphe, le plus malin des mortels, ourdisseur diabolique de complots et de pièges, qui a même réussi à enchaîner la Mort, si bien que pendant un temps insolite personne au monde n'a succombé. Il pousse un énorme rocher, très lourd, vers la crête d'une colline. Le patient Ulysse remarque sa fatigue à la façon dont il plante ses mains et ses pieds pour faire lentement rouler le roc dans la montée. Mais tous ses efforts sont vains : quand il arrive en haut, le rocher dégringole et Sisyphe doit descendre et recommencer. Pour l'éternité.

Mais voici qu'ondoie jusqu'à Ulysse l'ombre d'Héraclès, qui participe désormais joyeusement aux festins des dieux éternels, en tant que fils de Zeus et époux d'Hébé aux belles boucles, elle aussi fille de Zeus mais de mère différente : elle est la fille d'Héra aux sandales dorées tandis qu'Héraclès est le fils de la mortelle Alcmène. Toujours en action, l'homme des Douze Travaux serre son arc, la flèche tendue sur la corde, le torse enserré dans une bande de tissu ornée d'images étonnantes, ours, sangliers, lions aux yeux rouges de feu, bagarres et combats jusqu'au dernier sang. Héraclès pleure à son tour, en reconnaissant le mortel :

– Ulysse, que d'épreuves tu as passées ! Moi aussi, j'ai connu un sort misérable. C'est vrai, j'étais le fils de Zeus, dieu du Ciel et de la Foudre, mais j'ai dû servir Eurysthée, un homme vil qui a endeuillé mes jours. Quand il m'a envoyé aux Enfers, l'infâme, pour capturer Cerbère, il pensait que ce serait ma fin. Toutefois, aidé d'Hermès et d'Athéna aux yeux pers, j'ai réussi.

Le célèbre Héraclès retourne chez Hadès, et Ulysse décide de s'en aller, craignant que la terrible Perséphone lui envoie la Gorgone dont le regard pétrifie ; désormais, ce qu'il voulait savoir lui a été révélé. Alors il se hâte vers son navire et demande qu'on largue les amarres, avant d'ordonner à ses hommes de ramer énergiquement.

Ils sont poussés par un vent favorable et moi, la déesse aux yeux pers, fille de Zeus, je veille sur eux, invisible et attentive. Ils retournent chez Circé sans embûches et Ulysse tient sa promesse, quand arrive Aurore aux doigts de rose : il envoie ses compagnons chez la magicienne pour qu'on leur remette la dépouille d'Elpénor, qui n'a pas encore de sépulture.

Ils rassemblent des branches et recouvrent le corps sans vie, puis le brûlent. Quand il n'est plus que cendres, ils élèvent un monticule et y plantent une rame, comme l'a demandé le spectre d'Elpénor. Arrive alors Circé, qui leur souhaite la bienvenue avec ses servantes. Elle passe les navigateurs en revue pour voir qui manque. Ils sont tous là, Ulysse les compte lui-même à voix basse.

La magicienne perçoit ma présence, sent une intruse sur son île, mais elle sait qu'elle ne peut s'opposer à la puissante Pallas Athéna. Elle comprend que j'attends mon protégé dans les bois, invisible, et elle se demande pourquoi nous n'échangeons jamais un mot. Pourquoi ne sommes-nous pas devenues amies ? Parce que pour moi l'amitié est déchirante, je l'ai appris quand j'ai blessé à mort ma meilleure amie. Cela s'est produit en Afrique, où j'ai passé mon enfance. J'étais alors sous la tutelle de Triton, qui me laissait jouer avec sa fille Pallas. Nous passions nos journées enfermées dans un enclos, cachées au reste du monde, à nous prendre pour des guerrières. Nos jouets étaient deux lances identiques et nous nous amusions souvent à nous attaquer en faisant les mêmes mouvements : peut-être parce que nous étions le miroir l'une de l'autre. Mais un jour, sans le vouloir, je l'ai transpercée de mon bâton mortel. Ma douleur fut infinie. Pourtant, bien que je l'aie perdue pour toujours, je la sens aujourd'hui encore vivre en moi. Peut-être que nous, les dieux, ne sommes pas si insensibles, finalement ?

Circé offre à Ulysse et sa troupe des viandes rôties et du vin doux, ils festoient jusqu'à ce que les étoiles s'allument dans le ciel. Alors les compagnons d'Ulysse s'allongent à côté des amarres arrière, la magicienne prend le fils de Laërte par la main et l'emmène à l'écart, où elle lui prodigue de nombreux conseils pour éviter les dangers qui l'attendent, sur et hors de l'eau. Et notamment les sirènes et les terribles monstres marins.

Il doit rester sur ses gardes, car tous les navigateurs sont saisis d'effroi en entendant ces noms : Charybde et Scylla.

Enfin, la dominatrice Circé lui recommande :

– Ne touchez pas aux bœufs du dieu Soleil, quand vous arriverez sur l'île de Trinacrie. Si vous le faites, la destruction et la ruine s'abattront sur chacun d'entre vous.

Ulysse la regarde, reconnaissant mais perdu : il fera son possible pour suivre ses conseils avisés, mais tout ne dépend pas de lui, parfois les dieux s'en mêlent, par exemple en le faisant sombrer dans un sommeil profond ou en déclenchant des catastrophes. D'autres fois, ce sont ses compagnons de voyage qui se comportent comme des bêtes ingérables, et il ne peut, seul, même avec la meilleure volonté, les surveiller à chaque instant.

Ils se saluent sans tristesse, cette fois il ne verse pas de larmes, le héros qui a fait résonner la mélodie de ses rames de l'Orient à l'Occident. Circé le regarde disparaître sur la ligne d'horizon de la mer, qui ondule de son éternelle danse, et elle se demande combien de siècles s'écouleront avant qu'elle rencontre à nouveau un homme comme lui.

Les sirènes

Cela fait longtemps que mes sœurs et moi attendons que quelqu'un passe, afin de le dépouiller de sa chair et de sa moelle pour ensuite laisser ses os scintiller au soleil, comme une myriade de trophées sculptés par la mort décorant les côtes de notre île. Ce n'est pas par méchanceté que nous, les sirènes, nous nourrissons des navigateurs ou de quiconque pénètre la zone de notre chant, non : nous sommes devenues prédatrices de la mer par nécessité, affamées parce que nous n'avons jamais rien reçu, ni un sourire, ni une coupe d'eau qui désaltère, ni une offrande.

Avec nos corps ambigus – mi-femmes, mi-oiseaux –, nos longs cheveux ondulés et nos pieds de rapaces, nous paressons, posées sur les rochers ou sur la plage. Autour de nous règne une forte odeur de poisson séché. Notre nature d'oiseau nous fait deviner les caprices du temps et nous pouvons sentir les humains de loin, de très loin.

Je m'appelle Parthénope[1] car, comme mes sœurs, je suis vierge. Ce qu'imaginent les marins en écoutant notre voix mélodieuse, ce qu'ils voudraient faire avec nous restent dans le monde indéfinissable des rêves. En revanche, ce que nous voulons faire avec leur chair musclée et nerveuse, nous le réalisons souvent, comme le prouve le cimetière d'os qui donne un aspect laiteux à la côte sauvage où nous demeurons. Parfois nous laissons pourrir un cadavre entier, pour que sa peau desséchée nous rappelle ce dont nous sommes capables. Il ne s'agit pas de cruauté mais de la loi de la nature, et la mer – c'est bien connu – amplifie les instincts. Nous sommes des chanteuses expertes, nous jouons de la lyre et de la flûte double, nous célébrons les savoirs de la terre, des eaux et des cieux, accompagnant la musique de nos voix hypnotiques. Nos talents sont peu nombreux ; le plus utile est que nous savons attendre en condensant les heures en instants évanescents, si bien que nous ne nous impatientons jamais : nous attendons des jours, des semaines, des mois, certaines que tôt ou tard une embarcation passera et que nous n'aurons aucun mal à attirer les marins grâce à nos voix enchanteresses.

Nous sommes douées pour laisser s'écouler les grains de sable dans une clepsydre imaginaire, posée sur la plage parsemée de buissons et d'arbustes enchevêtrés. Quand une embarcation approche, nous nous mettons

---

1. *Παρθενόπη*, en grec ancien, « celle qui a un visage de jeune fille ».

en alerte et visons sa silhouette noire qui suit une des lignes de la mer. Nous savons exactement ce que nous voulons et cette certitude nous permet d'atteindre chaque fois notre but. Presque chaque fois.

Comme maintenant.

Poussé par un vent favorable qui gonfle ses voiles, le navire d'Ulysse avance à bonne allure, les rames frappant avec force les vagues écumeuses. Sa proue turquoise est de plus en plus proche, nous la fixons telle une lionne qui a repéré une gazelle aux pattes graciles. Il y a un moment de silence qui ne durera pas, bientôt les bruits de nos battements d'ailes déchirant l'air prendront le dessus ; en attendant, nous nous délectons d'avance de nos futures proies, des chairs mastiquées, du sang chaud qui coulera quand nous engloutirons les cris d'horreur de ceux qui comprennent qu'ils vont être dévorés.

Nous en avons l'eau à la bouche, n'importe quel homme nous contentera.

Nous ne faisons aucune distinction entre esclaves, paysans et souverains.

Cette fois pourtant le chargement est précieux. Nous visons Ulysse par opportunité ; si nous réussissons à l'attirer, c'est un somptueux déjeuner qui débarquera ici : tous les hommes de son équipage. Nous savons comment le charmer : nous lui promettrons ce qu'il souhaite le plus au monde. Chacun a un désir secret auquel il ne peut résister. Certains veulent le pouvoir, d'autres, la plus belle femme du monde. Mais pas Ulysse. Lui n'a soif que de connaissance.

L'arme la plus puissante pour les attirer est de savoir identifier ces désirs secrets ; nous sommes bien armées. Déjà les marins approchent, nous les voyons sur leur navire, occupés à se prémunir contre nos pièges.

Mais que se passe-t-il ?

Les hommes baissent les voiles et les replient, pour poursuivre leur route à la seule force des rames lisses en sapin. Entre-temps, leur chef découpe un disque de cire tiédi par les rayons du soleil et en détache de petits morceaux avec ses mains. La pâte ductile s'adapte à la forme de leurs oreilles, de manière que les marins restent sourds à notre chant.

Ulysse demande qu'on l'attache au mât avec des cordes robustes, ses compagnons font plusieurs tours et renforcent le tout par des nœuds impossibles à défaire. Ulysse les exhorte à ne le détacher sous aucun prétexte, au contraire, s'il les supplie de le libérer, ils devront serrer plus fort.

Ce héros en sait décidément plus que les dieux infernaux.

En attendant, l'embarcation approche et nous entonnons notre chant trompeur et envoûtant :

– Ulysse, illustre Ulysse, viens nous voir, approche ton bateau de nos rivages et écoute la voix de miel des deux filles d'Achéloos. Nous te raconterons ce que tu veux, l'histoire secrète des rois, ou bien ce que les nuages voient et entendent avant de se dissoudre en torrents d'eau. Nous savons ce que renferme l'esprit d'une créature, et même plus : arrête-toi, héros qui renaît sous tant de formes déguisées. Ici tu trouveras ce que tu cherches, tu repartiras nourri du don sacré de la connaissance.

Le navire effleure notre côte, il est si proche qu'il me suffit d'un instant pour gagner la proue qui fend les flots. Le fils de Laërte me regarde, avide de connaissance : il s'agite, se démène, crie comme un forcené qu'il veut débarquer – qu'on le libère, immédiatement ! – parce qu'il doit posséder le savoir, le boire comme une coupe de vin qui enivre, mais ses compagnons l'ignorent : fidèles à ses ordres, imperturbables, ils continuent de ramer.

Alors Ulysse implore Périmède et Euryloque de le détacher, mais ils ne l'entendent pas. Quand enfin ses cris leur parviennent – après qu'ils m'ont remarquée, volant près du navire –, ils continuent de l'ignorer et serrent les cordes encore plus fort.

Rien à faire, cette fois l'homme à l'esprit lumineux nous a bernées.

Nous attendrons les prochains passants imprudents, peu nous importe qu'ils soient des héros ou des malheureux : nous, les sirènes, sommes capables de tirer quelque chose de n'importe qui.

N'importe qui, sauf d'Ulysse.

Nous les regardons s'éloigner rapidement. Les rames dessinent des sillons écumeux dans l'eau scintillante. Ils ont hâte de prendre la fuite, ils n'entendent pas les paroles de notre nouveau chant. Nous chantons dans l'écho de la mer l'histoire qui sera répétée pour les siècles des siècles : la longue pérégrination d'un héros victorieux, plusieurs fois défait, jamais vaincu, têtu mais humble, à l'âme généreuse. Un héros doué d'intelligence et d'imagination, le célèbre roi qui a réussi à nous berner, nous aussi.

Intermède – Athéna

Ulysse et ce qui reste de sa flotte ont échappé aux sirènes dévoreuses d'hommes. Moi, Athéna, déesse détentrice du sceptre des arts, de la guerre et du savoir, je ne l'abandonnerai pas. Les marins parlent encore des femmes-oiseaux. Des visages magnifiques, surtout Parthénope, disent-ils, des yeux profonds, de longs cils, une poitrine ferme, un nombril bien dessiné. Belles, oui, mais jusqu'à un certain point. Parce que sous la ceinture, là où les femmes éprouvent du plaisir quand elles jouent à l'amour et de la douleur quand elles accouchent, commencent leurs plumes hirsutes de rapaces, et accrochées à leurs dos des ailes menaçantes soutiennent leur poids en vol.

Cette fois encore tu es sauvé, mon cher voyageur aux innombrables débarquements.

Maintenant c'est un nouveau danger qui t'attend, que Circé t'a annoncé.

Ton navire glisse dans l'un des lieux les plus dangereux de notre mer, un détroit où d'un côté se dressent des roches abruptes que les dieux appellent les roches errantes, de l'autre tonnent les flots d'Amphitrite la bleue, femme de Poséidon, qui aime les dauphins et les monstres marins. C'est une zone brumeuse où la mort menace, où même les colombes périssent et où les oiseaux évitent de passer. Aucun navire n'en est sorti, aucun ; le seul fut l'*Argo*, de retour de chez Æétès, protégé par Héra qui avait un faible pour Jason, le chef des Argonautes.

Deux rochers se dressent sur les côtés : l'un arrive jusqu'au ciel et sa cime est toujours voilée par les nuages. Un homme ne pourrait l'escalader, même doté de vingt mains et pieds, tant ses parois sont lisses. Au milieu de ces rochers se trouve une caverne sombre tournée vers l'ouest, et c'est vers ce lieu qu'Ulysse se dirige, se souvenant des instructions de Circé. Il voudrait faire demi-tour mais ne peut reculer. Il sait qu'à l'intérieur l'attend Scylla, dont il entend les terribles aboiements. Autrefois elle était une nymphe aux yeux bleus dont était épris le monstre marin Glaucos qui, pour ne pas trahir cet amour à sens unique, refusa les avances de Circé. La magicienne offensée se vengea de façon insensée, comme font souvent les femmes, en conspirant contre sa rivale, qui ne lui avait rien fait, plutôt que contre celui qui l'avait repoussée : elle versa une potion maléfique dans la mer où Scylla avait l'habitude de se baigner, et la nymphe fut ainsi transformée.

Désormais elle a douze pieds informes et six cous démesurés qui se terminent par des têtes répugnantes, comptant chacune trois rangées de dents acérées qui annoncent la quantité de viande qu'elle est capable de mâcher. Sa voix de chiot détonne avec son aspect monstrueux. Son corps gigantesque est presque entièrement caché dans sa sinistre grotte, mais trois de ses cous sortent de la cavité pour capturer les dauphins, chiens marins et autres monstres des eaux. Et si un homme passe, c'est encore mieux.

Sur la rive opposée a poussé un figuier luxuriant, qui semble surveiller la gloutonne Charybde. Comme Scylla, elle non plus n'a pas toujours été effrayante. Autrefois, elle était une Naïade, une nymphe d'eau douce, célèbre pour sa voracité. Elle a été punie par Zeus pour avoir dévoré l'un des bœufs de Géryon, qu'elle avait volé à Héraclès : ainsi le roi des dieux l'a transformée et elle ressemble désormais à une lamproie, avec une bouche immense dont les nombreuses rangées de dents ne pardonnent pas. Trois fois par jour elle avale l'eau noire, et trois fois elle la vomit, mais personne ne peut prévoir à quel moment. Voilà pourquoi Circé a conseillé le moindre mal à Ulysse : « Reste loin de Charybde, navigue plutôt du côté de Scylla.

– Mais pourquoi ? avait répondu Ulysse, contrarié. Si je vaincs Charybde, je pourrais ensuite me défendre contre Scylla avec ma lance et mon épée, au cas où elle tente de manger mes compagnons.

– Tu aimes vraiment la guerre, hein ? Écoute-moi et ne réponds pas, têtu que tu es, car c'est inutile : aucun humain ne peut défier ni Charybde ni Scylla, mais cette dernière est la plus impétueuse et féroce. Quand tu passeras à côté d'elle et qu'elle arrachera quelques compagnons à ton navire, crie le nom de sa mère Crataïs, afin qu'elle l'empêche de se jeter à nouveau sur vous. Traverse le détroit le plus vite possible en restant loin de Charybde, à qui tu ne pourras échapper si tu t'approches trop du tourbillon : mieux vaut voir quelques-uns de tes compagnons déchiquetés que perdre ta flotte entière. »

Voilà ce que lui avait prescrit la magicienne qui aimait transformer les hommes en bêtes. Ulysse ne raconte pas à ses compagnons qu'ils sont en train de traverser les eaux de Scylla, il craint que par peur ils abandonnent les rames. Il s'empare de ses armes, prêt à combattre le monstre, mais celui-ci ne se montre pas et Ulysse a les yeux fatigués à force de scruter les environs. Ils franchissent le détroit : Scylla d'un côté, Charybde de l'autre, qui avale les flots marins et les rejette dans un tourbillon d'écume et de gargouillements qui fait penser à l'eau bouillonnante d'un lébès[1] sur le feu.

Soudain, la terrible Scylla apparaît.

Ulysse et ses compagnons blêmissent. Mais avant qu'ils aient le temps d'avoir peur, Scylla attrape six hommes, Ulysse voit leurs bras et leurs jambes se démener avec frénésie, il entend leurs cris désespérés.

1. Vase en forme de chaudron à fond arrondi, en métal ou en bronze le plus souvent, utilisé pour chauffer l'eau ou les aliments, et pour les ablutions.

Le roi d'Ithaque se sent impuissant, il ne peut rien faire pour les sauver, alors qu'ils crient son nom, pour la dernière fois, en tendant les mains vers lui. Scylla les jette contre les rochers et les avale, ignorant leurs supplications.

Sur le navire, les survivants étourdis par le drame s'empressent de ramer jusqu'à la grande île où paissent les troupeaux bien gras du dieu Soleil. Ulysse ordonne à ses compagnons de ne pas s'arrêter, se souvenant des injonctions de Tirésias et de Circé : il les exhorte à ramer plus vite, à dépasser cette île interdite où le bétail est sacré, il ne veut prendre aucun risque. Mais les autres – sots – se révoltent. La voix d'Euryloque s'élève, il s'oppose à nouveau aux préceptes de son roi :

– Es-tu fait de fer, Ulysse ? N'as-tu pas besoin de te restaurer et te reposer sur la terre ferme ? Tu es égoïste, si tu ne penses pas à tes compagnons épuisés par l'effort et les risques continuels. Maintenant que la nuit va tomber, tu veux que nous nous jetions dans la mer sombre et que nous défiions l'embuscade des vents furieux ?

Ulysse est partagé. Il voudrait les contenter, mais il craint que son assentiment se révèle néfaste. En attendant, Euryloque le presse :

– Allons ! Nous sommes éreintés. Laisse-nous accoster juste pour la nuit : ce soir nous préparerons un bon dîner, nous dormirons sur la terre ferme, et quand Aurore aux doigts de rose fera son apparition, nous remonterons à bord.

Ulysse ne peut s'opposer à Euryloque, car tous les hommes sont de son côté. Il baisse la tête, résigné.

– D'accord, arrêtons-nous. Mais avant, vous devez me faire le serment de ne pas toucher la moindre vache ou brebis de l'île. Nous ne mangerons que la nourriture donnée par Circé.

Nous, les dieux, ne nous étonnons plus d'entendre les hommes promettre à tort et à travers : combien de fois ont-ils dispersé leurs paroles au vent ? Combien de fois ont-ils juré, y croyant vraiment eux-mêmes pendant un bref instant ? Ulysse ne se fie pas aveuglément à ces promesses et moi, je sais déjà qu'ils les briseront, ils sont trop impulsifs et incapables de se contrôler, ce sont des bestioles affamées.

En réalité, ils essaient. Ils font étape et mangent avec avidité les vivres qu'ils ont transportés, puis ils passent du plaisir du ventre à la douleur et versent des larmes pour leurs amis perdus. Deux tiers de la nuit sont passés quand Zeus souffle sur l'île un vent impétueux. La foudre et les éclairs s'enchaînent : la tempête sévit sur la mer et les côtes. C'est une tragédie ; loin de se calmer, l'ouragan se poursuit, imperturbable : pendant un mois entier Euros et Notos soufflent sans trêve et, petit à petit, les provisions s'épuisent.

En attendant je rends visite à Lampétie et à sa sœur Phaéthuse, filles du dieu Soleil et de la nymphe Nééra, les gardiennes des troupeaux. Je leur dis de se tenir sur leurs gardes, Ulysse n'a aucune intention de toucher aux animaux sacrés et il a menacé ses compagnons de grands malheurs, mais il sait qu'ils se laisseront tenter. En effet, leurs provisions épuisées, tourmentés par la faim, ceux-ci partent en quête de vivres, n'importe quoi fera l'affaire pour les nourrir : poissons, oiseaux, fruits sauvages, racines, de toute façon leur roi veille, pour les contrôler il ne dort pas. Jusqu'à ce qu'il ne tienne plus. Un jour il cherche un endroit à l'abri sur l'île, à l'insu de ses compagnons, pour prier les dieux, les implorer de les sauver de cette calamité. Mais mes semblables font tomber sur ses paupières un sommeil irrésistible. Seuls les vents instables savent avec quelle rapidité les dieux peuvent tourner le dos.

Euryloque, toujours lui, en profite ; en l'absence du chef, il commence à haranguer les affamés :

– Compagnons, que craignez-vous à manger les vaches interdites ? Est-il pire de mourir punis ici, dans la mer que nous avons tant sillonnée, ou de nous consumer et de périr en rêvant à la nourriture qui nous manque ? Allons, immolons aux dieux les animaux sacrés et mangeons-les rôtis à point. Ensuite, pour nous faire pardonner, quand nous arriverons à Ithaque, la terre aimée de nos ancêtres, nous érigerons pour le dieu Soleil, fils d'Hypérion, un temple somptueux.

C'était le signal que les hommes attendaient. Ils se précipitent vers le troupeau, l'encerclent et repèrent les plus belles vaches, aux cornes recourbées et au front ample. Ils les égorgent, les dépècent, les coupent en morceaux, sur leur chair ils étalent deux couches de gras qu'ils aspergent d'eau, puisqu'il n'y a plus de vin.

Ils font cuire les cuisses grasses et les viscères, sans oublier les petits morceaux, qu'ils enfilent sur des broches pour les faire griller. Ils mangent goulûment, rapidement, en cachette d'Ulysse, sans savoir que Lampétie court déjà chez son père le dieu Soleil, pour le prévenir du sacrilège.

Je tente de retenir Lampétie au manteau fluide, mais en vain. Elle m'échappe, elle vole tout raconter à son père Soleil ; celui-ci court chez Zeus pour méditer de nouveaux malheurs.

Leur banquet dure six jours. Le septième, le vent tombe et Ulysse se réveille : pressentant la catastrophe, il se hâte vers le navire. En chemin, l'odeur de graisse brûlée lui emplit les narines, anticipation funeste du mal qui s'annonce.

– Zeus immortel et vous, les divins, pourquoi m'avez-vous embrumé de ce sommeil profond, laissant ainsi mes compagnons commettre un sacrilège ?

Arrivé au navire, Ulysse s'emporte contre ses hommes. Déçu, fatigué, indigné et furieux, il les injurie un à un. Les autres encaissent, tête baissée. Peut-être se repentent-ils, mais tout regret est inutile, désormais on ne peut plus réparer et les événements épouvantables se succèdent : les peaux arrachées aux animaux rampent le long des côtes, leurs chairs piquées sur les broches mugissent, on entend des piétinements de vaches. S'enfuir, il faut s'enfuir au plus vite.

Quand le navire est loin de la terre, si loin qu'on ne voit plus ni les plages ni les collines mais seulement de l'eau dans toutes les directions, Zeus envoie un nuage noir qui assombrit la mer.

Il n'est pas sage de s'opposer au Cronide[1]. Je me tiens à l'écart et j'observe, espérant que sa colère se calmera bientôt.

Il n'en est rien.

Zéphyr sifflant arrive telle une furie, brisant les deux cordes du grand mât, qui tombe en entraînant les haubans et les voiles dans la sentine : le mât s'écroule sur la tête du barreur, lui brisant les os du crâne, l'homme tombe à la mer tel un pantin.

Le père des dieux lance sa foudre destructrice, le navire se met à tournoyer et les compagnons impuissants tombent tous dans l'eau. Ils coulent l'un après l'autre, tels des corbeaux de mer avalés par les eaux.

Je reste à côté d'Ulysse, invisible, au cas où il aurait besoin de mon aide. Mais il s'accroche avec habileté à la quille restante, bien que la mer déchaînée ait arraché les flancs du navire. Il attrape un hauban en peau de bœuf et fixe la quille au mât écroulé, ce sera son point d'appui. Il décide de se laisser pousser par les vents violents, patiemment, sans perdre courage. Mais même lui a du mal à croire que, quand Aurore aux doigts de rose se lèvera, le courant le ramènera vers Charybde. Pour échapper à la créature vorace, Ulysse s'agrippe au figuier qui pousse au-dessus d'elle, juste au moment où le monstre avale ce qui reste du navire.

---

1. Nom donné aux enfants de Cronos : Zeus, Héra, Hestia, Déméter, Hadès et Poséidon.

Tapi comme une chauve-souris, dans une position inconfortable et précaire, sans prise solide, Ulysse résiste, et moi, je me réjouis dans mon cœur de sa force d'âme. Quand Charybde recrache le mât et la quille, Ulysse lâche le figuier et se jette à la mer, il nage jusqu'aux morceaux de bois et s'y agrippe, espérant que Scylla restera inoffensive, au moins le temps qu'il traverse le détroit.

Le fils de Laërte se laisse ballotter par les flots pendant neuf jours. Le dixième il arrive à Délos, où l'accueille Calypso aux belles boucles. Sous le charme et désireuse de soulager sa propre solitude, elle le garde prisonnier pendant sept ans.

Jusqu'à ce que, contrainte par les dieux, la nymphe doive le laisser repartir : elle l'aide à construire une embarcation, lui donne de la nourriture et du vin en quantité. Mais Poséidon, dont la blessure provoquée par l'outrage à son fils Polyphème saigne encore, le fouette d'un nouvel ouragan, dispersant le peu qui restait de son bateau. Moi, je ne peux que contempler le désastre. Suivre Ulysse qui s'échoue à Schérie où il est trouvé par Nausicaa aux bras blancs, qui lui indique comment se comporter avec son père Alcinoos, le roi des Phéaciens, pour obtenir le meilleur accueil et un équipage sûr pour le ramener à Ithaque.

Enfin un peu de paix. Mais avec la paix vient aussi la nostalgie.

Chaque soir Ulysse raconte ses aventures et tout le monde l'écoute avec stupéfaction.

Le souverain et les nobles de Schérie le couvrent de cadeaux, plus que le butin qu'il aurait rapporté de la guerre de Troie. La princesse Nausicaa observe l'hôte à la dérobée, le convoite, envoûtée par tant de prouesses, mais elle comprend vite que cet homme appartient à une autre histoire. Ulysse ne se sent plus de joie, le départ approche, son esprit flotte déjà au-delà des mers : il voguera jusqu'à Ithaque.

Le dernier soir, Alcinoos sacrifie un bœuf à Zeus, pour favoriser le retour du fils de Laërte. Celui-ci prend part au somptueux dîner et, tandis que l'aède Démodocos entonne ses chants mélodieux, le roi confirme qu'un équipage lui sera donné et la reine ordonne à ses servantes de lui remettre une couverture, une toile, une tunique, un manteau, un coffret précieux, des vivres et du vin rouge.

Le navire, chargé de présents et de vivres, peut appareiller. Ulysse remercie du fond du cœur, les marins phéaciens s'installent aux tolets et libèrent la gumène de la pierre percée. Le vaisseau fend la mer avec légèreté, laissant derrière lui des nuages d'écume d'un blanc éclatant. Le héros sombre dans un sommeil irrésistible, il oublie ses souffrances, emprisonné dans les déserts uniques des rêves.

Alors que la chevelure dorée d'Aurore va poindre à l'horizon, l'île apparaît. Les marins repèrent le port de

Phorcys, le Vieux de la mer, divinité primordiale. Il est délimité par deux côtes escarpées qui calment la colère de la mer pendant les tempêtes. Un olivier a poussé à l'extrémité du port, à côté d'une grotte sacrée pour les Naïades, pleine de jarres et d'amphores où les abeilles amassent le miel. Des eaux éternelles y jaillissent et on y trouve de merveilleux métiers à tisser faits de roches, utilisés par les nymphes pour confectionner des toiles fabuleuses, des étoffes qui resplendissent du scintillement de la mer. La grotte a deux entrées, une pour les hommes, l'autre pour les dieux. C'est vers la première que se dirigent les Phéaciens. Quand leur navire accoste sur la plage sombre, ils débarquent, soulèvent Ulysse avec la magnifique couverture et la toile donnée par Arété et le déposent à terre, toujours endormi. Il ne s'aperçoit de rien.

Ils posent tous les précieux présents au pied de l'olivier, afin que personne ne les pille. Puis ils repartent en silence, sans interrompre le sommeil paisible du héros. Ils filent sur les eaux calmes, décidés à rentrer chez eux, quand Poséidon, furieux, va se plaindre à Zeus de leur comportement : les Phéaciens, tonne le dieu, ont non seulement couvert l'odieux mortel de cadeaux, mais en plus ils l'ont escorté jusque dans sa patrie. L'ébranleur du sol réclame vengeance contre les téméraires : il veut briser leur navire, son frère ne peut lui refuser cette satisfaction. Zeus suggère même de transformer l'embarcation en caillou et d'entourer la cité des Phéaciens d'une grande montagne.

Le navire a presque atteint les rivages fleuris de l'île de Schérie, quand Poséidon suit le conseil de Zeus et le transforme en pierre, avant de le précipiter, de sa main puissante, dans les fonds obscurs.

Depuis le rivage, Alcinoos suit la scène avec effroi et reconnaît une prophétie ancienne.

– Je me souviens de mon père me mettant en garde : Poséidon nous accusait d'accepter de guider tout le monde aveuglément et disait qu'un jour il nous punirait. Malheureusement la prophétie se réalise aujourd'hui. Allons, sacrifions immédiatement douze taureaux sublimes au dieu ébranleur du sol et des mers, en espérant qu'il aura pitié de nous et ne nous entourera pas d'une sinistre montagne.

Pendant qu'ils procèdent au sacrifice, Ulysse se réveille et observe les lieux autour de lui, encore ensommeillé. Il est absent depuis trop longtemps pour reconnaître son île. De plus, sans qu'il s'en aperçoive, moi, Athéna aux yeux pers, je l'ai enveloppé d'une brume épaisse afin que personne ne sache qui il est. Il doit avoir le temps de découvrir les pièges qui l'attendent.

Le moindre recoin lui semble inconnu : les sentiers sinueux, les ports, les rochers abrupts, les arbres verdoyants. Il pleure, Ulysse, il pleure de désespoir, parce qu'il a peur pour lui et pour les présents qu'on lui a laissés, il craint d'avoir échoué sur une nouvelle terre inhospitalière, peuplée de frustes sauvages.

C'est le moment. Je me présente à lui.

J'apparais sous les traits d'un jeune berger, délicat comme le fils d'un prince. Je porte un double manteau précieux et des sandales, et tiens une pique à la main. Il est si facile pour nous, les dieux, de devenir ce que nous voulons. De faire croire aux hommes que nous sommes la réponse qu'ils attendaient. Ulysse vient à ma rencontre et me demande d'une voix suppliante :

– Ami – je t'appelle ainsi car tu es le premier que je rencontre depuis que j'ai débarqué –, ne me sois pas hostile, je t'en prie, aide-moi à me sauver moi-même et à sauver ces richesses qui m'appartiennent. Mais surtout, dis-moi : quelle est cette terre que nous foulons ?

– Tu dois arriver de très loin si tu n'as jamais entendu parler de cette terre. Elle est connue d'Orient en Occident, célèbre pour son blé et son vin abondants, bien que ses côtes soient impraticables pour les chevaux. Elle est propice au pâturage, riche en bois et l'eau n'y manque jamais : tu peux te désaltérer à l'un des nombreux abreuvoirs. Nous sommes à Ithaque, jardin de pluie et de rosée.

Le héros ne laisse transparaître aucune émotion, il tente de me berner. Son esprit est toujours bourdonnant de ruses. Il ne me révèle pas qu'il est Ulysse.

– J'arrive de Crète, où j'étais exilé pour avoir tué le fils d'Idoménée, Orsiloque aux pieds légers, parce qu'il voulait me dérober le butin que tu vois, amassé pendant la guerre contre Troie à la sueur de mon front et au prix du sang versé. J'ai traversé des terres et affronté de hautes vagues, puis j'ai dû écouter ses mensonges absurdes : il disait que, pendant la guerre, je n'avais pas rendu hommage à son père comme j'aurais dû. Je l'ai frappé avec ma haste en bronze alors qu'il rentrait des champs, puis j'ai couru au port où j'ai supplié les illustres Phéniciens de m'embarquer sur leurs navires concaves pour m'emmener jusqu'à Pylos ou dans l'Élide où règnent les Épéiens. Attirés par la grosse récompense proposée, ils ont accepté, mais nous avons été surpris par la folie des vents, qui nous ont contraints à faire halte ici. Épuisé, je me suis endormi. Ils sont repartis sans me réveiller, mais en laissant mon butin près de moi.

Je souris et caresse sa main.

L'esprit si fin qui a berné Cyclopes et monarques tente maintenant de me tromper, moi Athéna aux yeux pers. Je ne suis plus un jeune berger naïf, mais me transforme en une femme magnifique, de grande taille, et je prononce des paroles ailées :

– Tu pourrais abuser un dieu avec tes subterfuges. Fourbe, obstiné, toujours prêt à raconter des histoires, maintenant cela suffit, à moi au moins épargne tes mensonges. Je t'ai aidé et protégé pendant ton voyage, j'ai gagné pour toi les faveurs des Phéaciens. Maintenant je veux bâtir avec toi un plan pour défendre tes riches présents, et également te mettre en garde sur ce que tu trouveras dans ton royaume : tu connaîtras de grandes douleurs. Supporte-les et ne révèle à personne qui tu es vraiment. Souffre en silence, avale les offenses.

Le multiple Ulysse me regarde avec stupeur et admiration.

– Ô divine, merci d'avoir été à mes côtés quand nous, les Achéens, combattions pour nous emparer de la haute Ilion. Mais je pensais que, une fois embarqués pour le voyage de retour, tu m'abandonnerais. Je t'en prie, ne te moque pas de moi et dis-moi : sommes-nous vraiment à Ithaque la florissante ?

– Tu es un homme sagace et prudent. Tu comprendras que je ne pouvais me confronter au frère de Zeus, Poséidon le seigneur des mers : je ne pouvais m'opposer à lui et tu sais bien pourquoi il t'en veut. Néanmoins, j'étais là. J'ai toujours été près de toi. Et maintenant, ne doute pas de mes révélations : ceci est bien le port de Phorcys, le Vieux de la mer. Vois-tu cette montagne boisée ? C'est le Nérite si cher à ton cœur.

En le nommant, je dissous la brume et Ulysse voit enfin nettement sa patrie tant aimée. Il s'agenouille et baise le sol. Il promet des offrandes. Il est profondément heureux, comme doit l'être celui qui revient après une longue absence. Je lui rappelle de cacher avec soin ses précieux cadeaux au fond de la grotte, afin que personne ne les vole. Une fois qu'ils sont entassés dans le recoin le plus sombre, je bloque l'entrée d'une pierre. Nous nous asseyons au pied de l'olivier sacré, je lui explique la difficile situation de l'île.

– Tu es un homme chanceux, Ulysse. Tu as épousé une femme pleine de sagesse. Grande stratège, elle sait qu'elle ne peut repousser ouvertement les prétendants, alors elle leur laisse de l'espoir, à tous sans distinction, elle fait des promesses dans le vide, mais en son cœur elle soupire en attendant ton retour et son esprit fin imagine des stratégies pour reporter les nouvelles noces.

– Heureusement que tu me racontes tout ceci, illustre Athéna. Aide-moi à trouver un stratagème pour les vaincre et redevenir roi de mon royaume, comme quand tu m'as aidé à faire tomber Troie : avec toi à mes côtés, je suis prêt à me battre contre trois cents soldats vigoureux.

– Bien sûr que je serai près de toi. Et certains des puissants qui veulent t'évincer souilleront le sol de ton palais de leur sang et de leur cervelle. Mais maintenant, tu vas devenir un mendiant, je vais friper ta peau et faire disparaître tes cheveux blondis par le soleil, je t'habillerai de haillons tel un misérable, j'éteindrai tes yeux comme ceux d'un vieil homme, tes beaux yeux au regard pénétrant. D'abord, tu vas aller voir le porcher qui a gardé intacte en son cœur son affection pour toi. Il surveille les truies qui paissent entre la roche du Corbeau et la source Aréthuse, se nourrissant de glands et buvant de l'eau trouble. Moi, je resterai un peu avec toi, je veillerai, puis je volerai à Sparte pour retrouver Télémaque et le ramener ici. Il s'est rendu chez Ménélas pour avoir des nouvelles de toi : je l'ai moi-même escorté.

Je le touche avec une branche d'olivier et le transforme en mendiant chauve, vêtu de guenilles crasseuses puant la fumée. Je le couvre d'une peau de cerf élimée, j'ajoute une canne et une besace attachée à une corde usée. Je lui fais encore quelques recommandations puis je disparais, aussi vite que je suis apparue. Pourtant, grâce à ce talent que les hommes ne s'expliquent pas et qu'ils nomment ubiquité, je reste à ses côtés.

Ulysse avance sur le sentier raide qui traverse les collines boisées, pour aller retrouver son fidèle berger Eumée. Il le trouve assis à l'entrée d'un enclos rond, solide, construit par lui du temps où il s'occupait des porcs du père d'Ulysse, Laërte. Il l'avait protégé avec des ronces et une rangée de poteaux en chêne, à l'extérieur. Immense, il contient douze stalles abritant chacune cinquante truies, enceintes ou allongées par terre pour allaiter. Les mâles sont moins nombreux, trois cent soixante en tout, et leur nombre ne cesse de diminuer car le porcher est obligé d'en envoyer un aux prétendants chaque fois qu'ils en font la demande, dans l'unique but de se gaver de viande grasse rôtie. Et cela arrive souvent. À côté des bêtes, quatre chiens couchés montent la garde. Quand Ulysse arrive, Eumée est en train de couper de la peau de bœuf teinte pour se fabriquer une paire de sandales. Trois de ses quatre aides sont aux pâturages, le dernier est parti apporter un cochon en ville pour régaler les prétendants gloutons.

Les chiens, flairant la présence d'Ulysse, se jettent sur lui ; celui-ci s'accroupit, faisant tomber sa canne. Heureusement le porcher lâche immédiatement le cuir qu'il avait entre ses mains et intervient en leur lançant des cailloux pour les empêcher de mordre le nouveau venu. Une fois le danger écarté, il s'adresse au héros :

– Tu ne sais pas ce que tu as risqué, vieil homme. Il s'en est fallu de peu que les chiens ne te dévorent. J'ai suffisamment de problèmes depuis que les dieux m'ont privé de mon maître qui régnait avec sagesse sur cette île. Je me retrouve à élever des cochons pour les princes qui veulent usurper son trône, ils dilapident cette partie de son patrimoine, alors que mon roi est peut-être seul et affamé, errant de cité en cité. Mais viens avec moi à la cabane : je te traiterai avec les honneurs qui conviennent à un hôte. Et quand tu seras rassasié de vin et de nourriture, tu me raconteras qui tu es, d'où tu viens et ce que tu as traversé.

Ainsi Eumée conduit Ulysse, grimé en misérable, dans sa cabane. Il l'installe sur un lit d'arbustes tendres qui forment un doux matelas, couvert d'une peau de chèvre sauvage. Ulysse est reconnaissant :

– Merci pour cet accueil. Que Zeus détenteur de l'égide et les autres dieux t'accordent ce que tu désires.

– Les hôtes sont sacrés, ils sont envoyés par le père des dieux. Le peu que j'ai, je le partagerai avec toi. Il n'est pas facile de servir un maître jeune, différent du sien, surtout quand on est vieux et attaché à son roi.

Le mien m'aurait bien traité s'il avait vieilli ici. Mais il est allé participer au plus grand des conflits : la guerre de Troie.

Il serre la ceinture de sa tunique et se dirige vers la porcherie pour prendre deux pourceaux, qu'il tue. Puis il les passe à la flamme, les coupe en morceaux qu'il enfile sur des broches. Ensuite il les fait rôtir, après les avoir recouverts d'une poignée de farine ; l'odeur de viande qui grésille emplit l'air. Quand ils sont prêts, encore brûlants, il sert son hôte. Puis il verse du vin doux et le lui offre :

– Tiens, étranger, du pourceau. Les porcs adultes sont pour les prétendants, qui s'en gavent sans retenue, et peut-être qu'un jour les dieux les puniront.

Ulysse écoute et mange en silence, il boit le vin avec plaisir, tout en méditant sa vengeance. À la fin du repas, il parle au porcher :

– Ami, qui est ton maître, cet homme dont tu parles, dont les étrangers sont en train de dilapider les biens, celui qui n'est pas revenu après avoir suivi l'expédition d'Agamemnon ?

– Ô vieil homme, tant de vagabonds sont venus à Ithaque pour parler à tort et à travers à la reine et au prince, pour leur donner des illusions mensongères, et elle, qui a le cœur plein de l'espoir de revoir son époux, pleure sans interruption tant la douleur est forte. Désormais mon maître est mort, ses chairs ont probablement été déchiquetées par des oiseaux qui se sont attaqués à sa moelle et à ses yeux, son corps gît sans sépulture. Ou bien il a été dévoré par les poissons et ses os ont sombré dans les abysses. Il nous a quittés, nous laissant tristes et désarmés, et moi, je souffre terriblement parce que – où que j'aille – je ne trouverai jamais un maître aussi prévenant et juste que lui, je lui suis plus attaché qu'à mon père et ma mère. Mon maître s'appelait Ulysse et me traitait avec le plus grand respect.

– Ami, tu soutiens qu'Ulysse est perdu, mais moi, je te dis qu'il rentrera. Il se présentera à son palais et me donnera une tunique, un manteau et de beaux vêtements. Mes mots sont empreints de vérité, crois-moi, tu reverras ton maître : il reviendra. Cela arrivera bientôt, très bientôt, quand la lune achèvera son cycle et que la nouvelle se lèvera.

– Si tu attends que je te paie cette bonne nouvelle, tu fais fausse route. Maintenant bois, vieil homme, et changeons de sujet, ne me fais plus souffrir. Parle-moi de toi. Qui es-tu ? Qui sont tes ancêtres ? D'où arrives-tu, et comment ?

Alors le rusé Ulysse raconte, affabulateur, l'histoire qu'il a inventée : il déclare être le fils d'un riche Crétois qui l'a conçu avec une concubine mais n'a fait aucune distinction entre lui et ses enfants légitimes. Il prétend avoir participé à la guerre de Troie et à d'autres guerres auparavant, où il a amassé d'immenses butins. Et une fois Ilion en proie aux flammes, il est rentré chez lui où il n'a passé qu'un mois, parce qu'il a dû repartir pour l'Égypte. Là, ses compagnons ont semé la mort et la destruction, commettant saccages, violences et vols, à tel point qu'une armée s'est soulevée contre eux. Beaucoup ont été tués, lui seul s'est sauvé et là, sur la terre du Nil, il a passé sept années. Mais son calvaire n'était pas terminé, d'autres péripéties l'attendaient : embarqué contre son gré pour la Libye, son navire a été pris dans une tempête, et complètement détruit. Il s'est retrouvé chez les Thesprotes, en Épire, où le roi Phidon l'a accueilli, nourri et vêtu. Phidon lui-même a reconnu avoir accueilli Ulysse et veillé sur ses richesses pendant que le héros se rendait à Dodone pour recevoir d'un chêne sacré la volonté de Zeus. Quel esprit subtil que celui d'Ulysse le multiple. Le prétendu mendiant raconte que, embarqué pour Doulichion au sol fertile, les marins l'ont dépouillé de sa tunique et de son manteau pour le vendre comme esclave. Quand ils ont abordé à Ithaque, ils l'ont laissé dans le navire, attaché avec une corde, pendant qu'ils descendaient déjeuner à terre. Toutefois le faux Crétois, avec l'aide des dieux, est parvenu à se libérer et à se cacher dans la forêt. Incapables de le retrouver, les autres ont été contraints de repartir sans lui.

Eumée fend du bois avec une hache en bronze et demande aux bergers de l'aider à porter pour lui le plus beau mâle, un des porcs bien gras généralement réservés aux prétendants. Il sera sacrifié aux divins immortels, il ne faut pas les négliger. La liturgie est toujours la même : le porcher arrache des soies de la tête du porc aux dents blanches et les jette dans le feu en invoquant le nom des dieux, un par un, avec l'intention de gagner leur faveur pour l'homme debout à ses côtés. Il tue la bête en la frappant avec une branche de chêne. Ses compagnons arrivent et ensemble ils égorgent l'animal, le font griller et le découpent en morceaux, ils jettent les plus gras directement dans le feu et versent dessus de la farine d'orge, puis ils enfilent les autres sur des piques. Une odeur appétissante se répand. Le porcher prépare sept portions : une pour les nymphes et pour Hermès, fils de Maia, les autres pour eux. L'échine revient entièrement à Ulysse, qui remercie son hôte de l'honorer malgré sa misère.

Les prémices[1] sont offertes aux dieux et on boit du vin dans des calices luisants. Le pain, acquis auprès de marchands taphiens sans que Pénélope ni Laërte l'aient ordonné, est également partagé. La nuit arrive, froide et pluvieuse, tourmentée par Zéphyr, mais je dois quitter mon protégé : je suis trop soucieuse du sort de son jeune fils, qui s'attarde dans la vaste Sparte.

Je le trouve couché dans la cour somptueuse à côté du fils de Nestor. Contrairement à ce dernier, Télémaque n'arrive pas à dormir. Je m'approche sans cacher mes yeux bleus et je lui dis qu'il doit rentrer à Ithaque. Ménélas le laissera partir. Lui et sa femme Hélène le couvriront de cadeaux. Un événement se

1. Dans l'Antiquité, les prémices sont les premiers fruits de la terre, les premiers-nés d'un troupeau, destinés aux offrandes aux dieux.

produira : après les libations, un peu avant le départ, un aigle en vol frôlera Ménélas, tenant entre ses griffes une oie blanche domestique. C'est la belle Hélène qui interprétera le prodige : de même que le rapace des montagnes a capturé l'oie qui vit dans les maisons, Ulysse, après d'infinis voyages et douleurs, reviendra en sa demeure. Peut-être même est-il déjà rentré. Pars, hâte-toi ! Je lui dis qu'Eurymaque a presque convaincu Pénélope de l'épouser, à force de cadeaux et de flatteries. Mais surtout, je le préviens du grave danger qui le menace :

– Tu dois faire très attention. Les plus téméraires des prétendants te préparent un piège entre Ithaque et Samos la rocheuse. Ils veulent te tuer traîtreusement. Bouleverse leurs plans ! Navigue dans la nuit noire et, quand tu arriveras à Ithaque, ne te rends pas immédiatement en ville. Passe plutôt la nuit chez le porcher et envoie-le annoncer à la reine que tu es sain et sauf. Vite, prépare ton navire !

Avant de partir, Télémaque salue son cher ami le fils de Nestor, qui a été comme un frère pour lui lors de son expédition. Une fois à bord, Télémaque distribue les tâches : qui décroche l'amarre de poupe, qui plante le mât en sapin dans l'étambrai, qui le fixe avec les haubans, qui hisse les voiles couleur des nuages à l'aide des drisses en cuir. Puis le jeune fils du héros des mers part, et moi, je lui envoie un vent favorable. Le navire dépasse Crunes et Chalcis alors que la nuit tombe. Télémaque met le cap sur

Phéa et l'Élide, où règnent les Épéiens. Quand ils sont presque arrivés entre les îles où les attendent les prétendants, Télémaque fait confiance à l'obscurité qui les enveloppe et les protège : en effet, il parvient à franchir indemne le détroit.

Ils débarquent à Ithaque juste après qu'Aurore s'est posée sur son trône lumineux.

Euryclée

Je suis une esclave, rien de plus. Mon maître a demandé vingt bœufs à Laërte quand je commençais à fleurir : c'était ma valeur, à ses yeux. Malgré tout, j'ai eu de la chance : je n'ai pas été plus maltraitée que le commun des esclaves. On m'a fourni gîte et couvert décents, on a accepté que je me retire sur ma couche les rares fois où je suis tombée malade. Lorsque j'ai compris qu'élever les enfants m'offrait une situation un peu plus confortable, je m'y suis consacrée avec dévouement, tant que mes forces et mon âge me l'ont permis. Mais je reste une esclave : comme toutes les personnes appartenant à un maître, la première chose que j'ai apprise est qu'il faut toujours dire oui. Oui aux ordres, oui aux envies du maître. Oui aux caprices de ses amis. Oui aux méchancetés de ses serviteurs. Nous sommes les dernières des dernières et nous avons le choix entre la déférence et la violence. Moi, j'ai opté pour la première.

J'ai élevé Ulysse, puis Télémaque, je connais chaque pierre du palais royal et chaque motte de terre d'Ithaque. Je connais l'âge de chaque arbuste qui se trouve entre notre vestibule et la maison d'Eumée, qui est presque aussi vieux que moi. C'est là que je me rends, de ce pas, pour régler quelques affaires et demander de nouvelles bêtes à immoler pour les avides prétendants. Marcher m'est difficile désormais, aussi je m'aide d'une canne.

Il y a un temps pour tout. Il y a un temps pour la découverte, pour être désespérément attaché à la vie et un temps pour avoir peur de la mort. Mais il y a aussi un âge où l'on se fatigue et où l'idée que cette existence se termine nous effleure parfois comme un baume douceâtre. Moi, maintenant, j'attends, et l'attente commence à être insupportable, avec mes os douloureux et mes dents en moins.

Dans sa cabane, Eumée converse avec un mendiant, ils ne font pas attention à moi, personne ne saluerait une vieille au pas incertain, une esclave qui plus est. J'entends cependant Eumée raconter au mendiant la calamité des prétendants. Je devrais lui demander des cochons, mais je n'ose pas l'interrompre. L'autre écoute, absorbé : son aspect a quelque chose de solennel.

Soudain on entend des bruits de pas et les chiens remuent la queue.

Télémaque apparaît à la porte, beau comme un dieu. Abasourdi, Eumée se lève, ses mains laissent échapper les coupes de vin qu'il était en train de servir. Il va à sa rencontre, le serre contre lui, lui embrasse la tête, les yeux, les mains, l'accueille avec émotion :

– Télémaque, douce lumière, tu es revenu ! Je craignais de ne plus te revoir. Entre donc !

Au moment où Télémaque remet sa haste à Eumée et entre dans la maison, le mendiant se lève, mais le jeune homme l'invite à rester assis.

– Ne te dérange pas, étranger : je peux m'asseoir ailleurs.

Télémaque m'ignore. Je n'existe pas, hormis quand il doit me confier une tâche. Mais je lui pardonne tout, je suis née pour cela.

Le prince ne s'adresse qu'au porcher :

– Je suis passé te saluer, cher vieil ami, pour te voir et te demander quelle est la situation au palais : ma mère attend-elle toujours, ou l'un des prétendants l'a-t-il emmenée pour l'épouser, laissant le lit d'Ulysse se couvrir de toiles d'araignées ?

– Elle attend, triste mais décidée. Elle se consume jour et nuit.

Le vieux berger dépose devant les convives des assiettes de viande rôtie de la veille et des corbeilles de pain, puis il sert le vin. Je m'assois dans un coin et rassemble quelques provisions, tout en m'adonnant à mon activité préférée : écouter en cachette. Ne pouvant vivre en liberté, j'essaie de faire glisser mes émotions sur les mots des autres.

Les hommes mangent, Télémaque demande qui est l'hôte. Eumée lui apprend qu'il arrive de Crète et qu'il a connu de nombreuses mésaventures. En réalité, il n'est pas un véritable mendiant : la mer rejette parfois des surprises. Il lui fait cette confidence pour qu'il l'emmène au palais. Le mendiant répond mais, que c'est étrange, sa voix semble brisée par l'émotion :

–Ami, il est déchirant d'entendre les comportements inacceptables que les prétendants se permettent au palais. Comme ils offensent les hôtes, comme ils traînent dans les chambres magnifiques les servantes qui n'osent pas refuser ce qui leur est demandé, même si certaines le font bien volontiers. Mais le peuple… est-il de ton côté, au moins ? Parce que, si j'étais toi, je préférerais les combattre, ces misérables, je préférerais mille fois mourir chez moi, en défendant mon honneur. Surtout au cas où ton père Ulysse rentrerait.

– Une partie du peuple est avec moi, l'autre est contre. Comment pourrais-je faire obstacle à tous ces prétendants ? Je n'ai même pas de frère… Ils sont nombreux, les nobles importants d'Ithaque et des îles voisines : Doulichion, Samé, Zacynthe la boisée. Ils sont décidés à épouser Pénélope et lui font une cour effrontée. Elle ne refuse pas ouvertement, mais elle n'accepte pas non plus : et en attendant, ils festoient en ma demeure.

Le mendiant insuffle au prince la volonté d'agir. Il faut faire quelque chose, vite mais avec prudence. Télémaque demande à Eumée de courir annoncer à Pénélope la nouvelle secrète de son retour. Ensuite, une servante la communiquera en cachette à Laërte. Ils tremblent tous, et la nuit surgit : on attend avec trépidation qu'Aurore répande ses pétales de rose.

Je veux prévenir moi-même ma maîtresse, j'ai vu trop de larmes couler sur son visage. Je rentre au palais en criant de bonheur. Les longues années passées auprès d'elle m'ont appris à la deviner au ton de sa voix. Elle comprend que le nom de son fils, hurlé ainsi, ne peut signifier qu'une seule chose.

Elle bondit de son lit, se précipite dans les escaliers en pleurant et le voit… Enfin son Télémaque est là. Elle s'approche, les servantes sont déjà autour de lui, embrassent sa tête et ses épaules avec tendresse.

La mère répète le nom de son fils, l'enlace, embrasse elle aussi sa tête et ses beaux yeux.

– Tu es rentré, mon adoré ! Je craignais de ne plus te revoir…

– Ma mère, sèche tes larmes, va plutôt te laver et te préparer, enfile une robe propre, puis offre aux dieux de parfaits sacrifices, afin que Zeus nous venge. Bientôt un étranger arrivera, traitons-le avec égards, je vais aller le chercher sur la place.

Les hommes donnent des ordres aux femmes, comme le dictent les règles non écrites des ancêtres. Ils doivent se montrer forts et nous indiquer le chemin, même quand ils savent pertinemment que nous sommes leur étoile polaire.

Alors la mère, malgré son savoir et sa sagesse, obéit au fils ignorant et indécis. Elle monte dans ses appartements et, une fois encore, se consume dans l'attente.

Télémaque marche, semblable à un dieu, ses chiens rapides trottinent à ses côtés et le peuple le salue avec admiration. Il se hâte, pressé de rejoindre Mentor, Antiphos et Halithersès, amis de longue date de son père ; il s'assoit avec eux. Arrive Peiraios et, tous ensemble, on dirait qu'ils s'approchent. Je jette un œil dans la galerie de la cour, ils déposent leurs manteaux sur les trônes, les servantes les accueillent, les conduisent aux vasques argentées où ils pourront se baigner, versent de l'eau dans des brocs d'or, puis les enduisent d'huile et les habillent.

Moi, je vais appeler ma maîtresse.

Elle apparaît, vêtue d'une tunique propre, et interroge son fils sur son voyage, et sur ce qu'il a appris au sujet d'Ulysse.

– Chère mère, Nestor m'a traité comme un fils, mais du roi d'Ithaque il ne savait rien, alors il m'a envoyé chez Ménélas. Là j'ai vu ta cousine, Hélène, pour qui tant de soldats achéens ont péri. Le glorieux Ménélas s'est indigné de l'insolence des prétendants et a annoncé qu'Ulysse rentrerait et les massacrerait sans pitié. Il tenait du vieux Protée ces paroles sacrées, marquées du feu divin. Il a révélé que mon père s'est retrouvé sur l'île de Délos, pris au piège de la nymphe Calypso qui refusait de le laisser partir.

D'autres compagnons prennent la parole. Théoclymène, un prophète que Télémaque a ramené de Pylos, prévient :

– Ulysse est déjà parmi nous, il réfléchit aux malheurs qu'il infligera à ceux qui veulent lui nuire. Je tiens ce présage du vol d'un oiseau, pendant que je naviguais.

Sur la place devant le palais, les prétendants s'amusent à lancer le disque et le javelot en attendant l'heure du dîner. Le moment venu, ils gagnent tous la salle à manger.

Le banquet commence, que ma maîtresse déteste tant. Cela se lit sur son visage. Elle ne supporte plus les prétendants, leurs discours vides et vulgaires, leur manière rustre et avide de se jeter sur la nourriture, de mordre dans la viande telles des bêtes pour la détacher des os.

Eumée le porcher entre dans la cour accompagné d'un étranger, un vieux en haillons qui marche à l'aide d'une canne. Ils viennent de croiser Mélanthios, le fils de Dolios, près de la fontaine où le peuple puise l'eau. Moi-même, je les y ai vus. Gardien de chèvres, Mélanthios avait choisi les plus belles pour les offrir aux prétendants et les conduisait au palais. Le sot avait insulté le mendiant :

– Quel beau couple, un vilain avec un autre vilain ! Porcher, toi qui vis comme un pouilleux, où emmènes-tu ton misérable compère ?

Puis il lui avait envoyé un coup de pied dans la hanche et était parti en souhaitant la mort de Télémaque, qu'il périsse de la main d'Apollon à l'arc d'argent ou de celles des prétendants. Le vieux l'avait regardé avec haine, on aurait dit qu'il se retenait de le tuer de ses mains.

Que de choses étranges se produisent.

Ma maîtresse observe les nouveaux venus sans mot dire, assise sur son trône, avec une moue contrariée. Ils se tiennent sur le seuil en frêne. Comme je la connais bien ! Elle n'aime pas affronter de nouvelles personnes. Combien d'escrocs se sont succédé, en quête d'une quelconque récompense. Chaque fois elle me demande si elle peut leur faire confiance, et moi, je lui réponds d'écouter son cœur : il sait reconnaître la vérité. Eumée et l'hôte âgé semblent hésiter, peut-être n'ont-ils pas envie d'entrer dans la salle à manger et de supporter les cris perçants des prétendants ? À ce moment-là le vieil Argos, le chien d'Ulysse, lève le museau et les oreilles. Cela n'arrive presque jamais, il reste la plupart du temps dans la cour, couché sur le fumier des bœufs ou des mulets, rejeté, plein de tiques et de puces, loin du vacarme. Autrefois il était vif et agile, il courait avec son maître et les jeunes gens pour chasser les chèvres sauvages, les daims et les lièvres, il ne laissait jamais échapper une proie ; désormais, il n'a même plus la force de bouger. Mais quand il aperçoit l'hôte âgé, il se lève et chancelle jusqu'à lui, le pas incertain, en remuant la queue. Je lis de l'émotion dans les yeux de l'homme, qui tend sa main tremblante vers le chien. La bête se penche vers lui en jappant, puis se couche, comme si elle venait de pousser son dernier soupir. J'envoie une servante vérifier et j'en ai la confirmation : Argos est mort.

Le porcher entre, Télémaque le fait asseoir à côté de lui. Le héraut lui offre tout de suite un morceau de pain. Le vieil homme franchit le seuil à son tour, et prend place avec les autres. Télémaque sélectionne avec ses mains de gros morceaux de viande et un pain entier. Il y a quelque chose entre eux, je ne parviens pas à comprendre quoi : comme s'ils avaient conclu un pacte secret. Le vieux mange en silence, un sentiment indéfinissable flotte autour de nous. La reine le regarde à la dérobée. Il feint de l'ignorer, mais la dévisage par moments. Que se passe-t-il ?

Une fois son assiette vide, le mendiant demande de la nourriture à chacun des prétendants. Certains prennent pitié, d'autres l'observent avec étonnement. Mélanthios, le gardien de chèvres, interpelle Eumée avec colère, il lui reproche d'avoir amené cet indésirable au palais, et Antinoos l'accuse :

– Infâme porcher, n'avons-nous pas assez de miséreux à la cour ? Nous n'avons pas besoin de mendiants, mais plutôt de devins, de médecins, de menuisiers et de chanteurs.

– Ignore les provocations d'Antinoos, Eumée, intervient Télémaque, nous savons qu'irriter les personnes avec ses mots l'amuse. Et toi, Antinoos, n'as-tu vraiment aucune considération pour cette maison, à vouloir chasser un hôte béni des dieux ?

– Oh, j'avais oublié quel brillant orateur tu es, Télémaque ! Nous ferons comme tu dis, nous l'honorerons comme il doit être honoré : tout hôte est sacré pour Zeus. Allons, compagnons, remplissons cette besace, pour que ce pauvre hère puisse s'éloigner pour trois mois.

Les hommes rient, la besace passe de main en main, elle est remplie et rendue au vieux mendiant, qui s'approche d'Antinoos.

– Ami, tu parles comme si tu étais le roi. Tu dois donc fournir plus de nourriture que les autres, puisque tu es le plus important, ici : donne-moi encore à manger. Autrefois moi aussi, je possédais une riche maison et j'ai souvent rassasié les vagabonds. Mais Zeus m'a poussé à me rendre en Égypte avec des pirates et là, à cause de mes compagnons impétueux qui ont commis des saccages, j'ai tout perdu et j'ai risqué ma vie. J'ai été emmené à Chypre comme esclave, et aujourd'hui me voici.

– Sale impudent, explose le prétendant, tu veux gâcher mon repas ? L'Égypte, tu m'en diras tant ! Si tu veux plus de nourriture, demande aux autres, ne viens pas m'importuner : personne n'est dépourvu de biens, ici.

Pénélope écarquille les yeux, consciente qu'il va se passer quelque chose.

– Je me suis trompé quand je t'ai pris pour un roi, répond le mendiant en reculant. Ta sagesse n'est pas à la hauteur de ton aspect. Tu ne donnerais pas une de tes miettes à un suppliant, s'il t'est si difficile d'offrir ce qui ne t'appartient pas, et alors que tu disposes de nourriture à profusion.

Antinoos bondit sur ses pieds, empoigne son tabouret et l'écrase sur le dos du vieux. Indignée, Pénélope voudrait interrompre cette dispute absurde, mais elle se retient, comme elle le fait depuis vingt ans. Je ne perçois sa colère que par le léger tremblement de ses narines. Le mendiant reste ferme comme un roc, seule sa tête esquive les coups. Puis il s'assoit, pose sa besace pleine et s'adresse aux présents :

– Cet homme m'a frappé. J'espère que les Érinyes, qui vengent les outrages faits aux mendiants, lui infligeront la mort qu'il mérite.

– Dépêche-toi de manger et va-t'en, vieil homme, répond Antinoos, piqué au vif. Sinon, quelqu'un pourrait bien te traîner par un pied à travers la maison et te dépecer comme tu le mérites.

Un brouhaha s'élève. Tous ne sont pas d'accord avec lui, heureusement, il reste des prétendants sains d'esprit. Un jeune homme lui reproche d'avoir frappé un pauvre vagabond qui pourrait être un dieu déguisé en mendiant. Il arrive en effet que des divinités parcourent les villes tels des étrangers, juste pour vérifier si les hommes pratiquent la justice ou la violence. Pénélope se lève, ravale ses propos furieux contre Antinoos et fait appeler Eumée : elle veut recevoir l'étranger en personne, il a peut-être des nouvelles d'Ulysse. En échange, elle lui offrira une tunique et un beau manteau.

Eumée lui rapporte que l'homme est originaire de Crète. Non seulement il a hébergé Ulysse, mais en plus il jure qu'il est vivant et qu'il reviendra les bras chargés de présents. Pénélope ordonne qu'on lui amène l'homme dans ses appartements, à l'abri, et Eumée obéit. Mais il revient peu après avec un message inattendu :

– Ô reine aimée, le mendiant affirme qu'il est imprudent de monter chez toi, il ne fait pas confiance à ces êtres immondes qui infestent ton palais.

Il n'a pas tort, l'étranger. Je lis de l'admiration sur le visage de ma reine. Elle acquiesce et se retire. Les servantes et moi la suivons.

Quelques moments de patience ne lui coûteront pas, elle dont la vie a été rongée par l'attente.

Pourtant, cette attente est vite interrompue. Nous entendons des cris, quelqu'un doit être arrivé. Je descends lentement et discrètement, ralentie par mes muscles fatigués.

C'est Iros, un mendiant qui vient défendre son territoire. Il menace l'hôte, qu'il parte, ce lieu est à lui. Une guerre entre pauvres, pour avoir les restes des prétendants qui, mesquins, s'amusent de ce litige. Le mendiant arrivé avec Eumée répond qu'il ne fait de mal à personne : au palais il y a suffisamment de nourriture pour tous les deux. Iros le provoque, il veut se mesurer à lui mais la lutte est trop inégale, l'hôte est très vieux et mal en point… il succomberait. Les prétendants les incitent au combat, crient, rient grassement. Ils promettent au gagnant un boyau grillé. Le pauvre vieux ne se dérobe pas – quel courage ! –, il demande seulement aux présents de jurer : que personne n'ose le frapper dans le dos pour favoriser Iros. Tout le monde jure, les deux hommes se préparent à l'affrontement.

Le vieil hôte soulève sa tunique à la manière des Crétois. À la surprise générale il a les cuisses solides et musclées : les commentaires fusent. Iros prend peur mais il est trop tard pour renoncer, les autres l'exhortent à se battre. Il attaque le premier, atteint son adversaire à l'épaule droite. Le vieux mendiant, rapide comme l'éclair, le frappe au cou, sous l'oreille, et on entend un bruit d'os brisés. Iros tombe et mord la poussière, du sang coule de sa lèvre. Le vieux le prend par un pied et le traîne dans la cour.

À son retour, il est accueilli par une clameur. Antinoos lui tend le boyau grillé plein de gras et de sang, Amphinomos ajoute deux pains et une coupe dorée remplie de vin. Le vieux lui parle comme s'il le connaissait :

– Tu me sembles un homme de conscience, Amphinomos. Aucun homme ne doit être injuste, mais chacun doit garder pour lui les présents que lui offrent les dieux. Les prétendants commettent un crime en consommant des biens qui ne leur appartiennent pas et en outrageant la progéniture et l'épouse d'un homme qui ne restera plus longtemps parti. Je parie au contraire qu'il est tout proche.

Puis le vieil homme, qui a fait mouche, boit son vin. Amphinomos se retire, inquiet : pressent-il des mésaventures ?

Pénélope apparaît dans la salle ; comme le lui a suggéré Eurynomé, elle s'est lavé le corps et maquillé les joues, pour cacher son visage marqué par les larmes. L'intendante encourage toujours la reine à prendre soin de sa beauté.

– Eurynomé, a pourtant répondu la reine, ne me pousse pas à soigner mon apparence : ma beauté s'est éteinte quand mon mari a embarqué sur son navire à la proue turquoise.

Quand ils l'aperçoivent, à côté d'un pilier massif, un châle splendide entourant son visage, les prétendants la dévorent des yeux ; beaucoup d'entre eux sont bien plus jeunes qu'elle mais cela ne compte pas, le désir se moque de l'âge et ils ont soif de s'étendre avec elle dans le lit nuptial. Une déesse l'a-t-elle rendue plus fascinante ? Je connais chaque marque du visage de ma maîtresse, j'ai vu les rides apparaître, année après année. Elle ne s'en souciait pas, consciente qu'elle ne perdrait jamais sa grâce princière. Mais aujourd'hui, on dirait qu'une main divine l'a renvoyée vingt ans en arrière, quand elle resplendissait de jeunesse et que je coiffais des heures durant ses longs cheveux brillants.

Les ignorant, Pénélope reproche sévèrement à son fils d'avoir permis que l'on traite ainsi le mendiant.

– Il est notre hôte, protégé par Zeus. S'il est offensé, le déshonneur s'abattra sur notre demeure.

– Je suis du même avis que toi, mère. Mais il n'est pas facile, crois-moi, de m'opposer seul à cette meute de scélérats. Et notre hôte a mis Iros, mendiant lui aussi, dans un état pitoyable : si seulement tes prétendants pouvaient connaître le même sort !

Pendant qu'ils parlent ainsi, Eurymaque fait l'éloge de la beauté de la reine :

– Tu es irrésistible ce soir, Pénélope. Nombre d'entre nous se battraient pour t'avoir.

– Quand il est parti pour Troie, Ulysse a emporté ma beauté. Il ne me reste que la tristesse. Conscient que son retour était incertain, il m'a dit que je pourrais me remarier quand Télémaque aurait grandi. Malheureusement le moment approche, mais alors qu'avant vous essayiez de séduire une noble femme en la couvrant de cadeaux, aujourd'hui vous êtes là, à dilapider mes biens.

– Sage Pénélope, intervient Antinoos, nous ne serions pas restés ici tout ce temps à festoyer, consommant ton bétail, si tu t'étais décidée plus tôt. Et il est faux que nous ne te couvrons pas de cadeaux : regarde…

Commence alors la mascarade des présents. Un héraut les dépose devant elle : Antinoos lui offre un long péplos orné de douze broches dorées, Eurymaque, un collier en or resplendissant serti de perles d'ambre, Eurydamas, des boucles d'oreilles agrémentées de perles grosses comme des mûres, Pisandre, un somptueux pendentif. Ainsi le défilé des présents met fin aux accusations. Irritée et frustrée, Pénélope monte à l'étage, suivie de quelques servantes, portant les nombreux cadeaux dans l'escalier.

Le mendiant s'adresse à celles des servantes qui se sont attardées. Ce sont les plus impudentes, les traîtresses.

– Allez avec votre reine, jeunes filles, allégez sa peine et aidez-la en maniant le fuseau ou en peignant la laine.

Elles rient. Mélantho, la fille de Dolios, est la plus sûre d'elle : elle se sait très belle et se croit privilégiée parce que chaque nuit, au jardin, elle s'adonne à des jeux de plaisir avec Eurymaque.

– Tu es vraiment borné, misérable, si tu parles sans crainte. Est-ce l'effet du vin ? Ou bien t'es-tu enhardi depuis que tu as corrigé ce pouilleux d'Iros ? Attention à tes propos, tu risques de te faire rouer de coups et chasser d'ici couvert de sang.

Le mendiant la regarde de travers et je sens dans ses paroles une hargne indignée :

– Tais-toi, chienne ! Si je vais le dire à Télémaque, il te mettra en pièces.

Effrayées, les servantes se dispersent. L'étranger s'approche du brasier et reste immobile, circonspect. Eurymaque ne laisse pas passer cette occasion de le railler :

– Le mendiant a sans doute été accompagné ici par un dieu : bien que chauve, il est aussi lumineux qu'un flambeau ! Hôte, ne voudrais-tu pas travailler pour moi dans un champ lointain ? Je te ferais ramasser des pierres et planter des arbres, je te paierais, je te donnerais de quoi te couvrir et même te chausser. Mais tu es un mendiant dans l'âme, tu préfères te remplir au point de t'éclater le ventre !

– J'aimerais te lancer un défi, Eurymaque. Pourquoi pas dans un champ. Si on nous donnait à chacun une faux recourbée, qui de nous deux moissonnerait le plus jusqu'à l'aube ? Ou s'il nous fallait guider des bœufs pour labourer un terrain, qui de nous deux tracerait le sillon le plus précis ? Si tu me suivais sur un champ de bataille, où je suis toujours en première ligne, tu cesserais de parler de mon ventre à tort et à travers. Tu es grossier et orgueilleux, mais tu vis dans l'illusion : il est facile de se sentir grand et important ici, au milieu de quelques hommes de peu de valeur. Mais si Ulysse rentrait, tu n'aurais même pas le temps de t'enfuir : les portes de la cour se refermeraient avant que tu y parviennes.

– Comment oses-tu, misérable ? Le vin semble t'avoir délié la langue ! Ou alors tu te sens ragaillardi d'avoir vaincu ce miséreux d'Iros ? J'ai l'impression que tu cherches les ennuis : eh bien, tu vas les trouver.

Il saisit un tabouret et le lance sur le vieil homme. Mais celui-ci esquive avec habileté et c'est l'échanson qui le reçoit : il tombe avec sa cruche.

– Êtes-vous fous ou criminels ? se fâche Télémaque. Ou est-ce un dieu qui vous incite à être aussi barbares ? N'est-il pas l'heure de rentrer chez vous pour dormir ?

Amphinomos tente de calmer les esprits, invitant les autres à procéder à une libation puis à s'en aller.

Quand le mégaron – la salle centrale de la maison où nous, les Grecs, festoyons et écoutons les chants – se vide, le vieil hôte parle à Télémaque, ils libèrent les armes d'une trop longue torpeur et apportent ensemble dans les salles casques, boucliers à ombon et hastes en hêtre.

Puis Télémaque se retire pour aller dormir. C'est alors que je vois Pénélope : elle descend, s'assoit sur le trône marqueté d'ivoire et d'argent, près du feu, et pose ses pieds sur le tabouret. Le mendiant et elle sont proches, ils se regardent dans les yeux un très long moment. J'ignore ce qu'ils se disent dans cette langue qui m'est inconnue – je sais que leur échange est profond. Les servantes aux bras blancs arrivent pour ranger et nettoyer ce qu'il reste de l'envahissante présence des prétendants, elles ravivent les braises. Mélantho attaque le nouveau venu en le traitant de porc et de profiteur, puis elle essaie brutalement de le chasser. Mais il ne se laisse pas faire.

– Tu en profites parce que tu me crois plus faible que toi ? Pourtant moi aussi, j'étais riche, autrefois. Fais très attention à ne pas perdre tes privilèges, tu marches au bord du gouffre !

La reine dispute sèchement Mélantho. Elle l'a élevée comme sa fille, pourtant celle-ci est devenue une vipère. Tant mieux, moi non plus, je ne la supporte plus, elle est trop fière depuis qu'elle est la favorite d'Eurymaque. Elle se prend pour une princesse juste parce que chaque nuit, dans le jardin, il la déshabille et la chevauche. Pénélope la réprimande méchamment : elle est écœurée de tant de mensonges, elle a trop souvent été trahie.

Elle fait porter une chaise recouverte d'une toison et invite l'étranger à s'asseoir à côté d'elle, pour découvrir qui il est et d'où il vient. Elle lui pose la question, qu'il élude sous prétexte que les souvenirs sont trop douloureux.

– Ta réputation et ton honneur traversent les terres et les mers, femme.

Elle l'interroge sur Ulysse et, en entendant ses paroles et le ton sur lequel elle les prononce, je comprends qu'elle est en train d'ouvrir son cœur à cet inconnu. Elle se confie, lui révèle la ruse du suaire pour son cher beau-père Laërte, son astuce de tisser le jour et défaire son travail la nuit, pour retarder les noces. Le stratagème a duré quatre années, puis les servantes l'ont trahie, elles ont tout raconté à leurs amants et les princes l'ont prise sur le fait, puis menacée.

– Je me suis mis tout le monde à dos, pour attendre Ulysse. Maintenant les prétendants me pressent, mes parents m'exhortent à me remarier, Télémaque est en colère parce que nos biens sont dilapidés. Mais toi… ne veux-tu donc rien me révéler de toi ?

L'homme raconte la Crète, terre entourée par la mer aussi sombre que du vin, où chacune des quatre-vingt-dix villes parle une langue différente. Il dit être le petit-fils de Minos et le frère d'Idoménée, qui combattit contre Troie. C'est justement en route pour Troie qu'Ulysse a fait étape en Crète, où l'étranger assure l'avoir accueilli.

La reine pleure en silence. Les gens n'ont pas idée de combien de larmes une femme peut verser. Moi, je le sais, je la comprends : j'ai trop souvent séché son visage. Ce n'est pas uniquement l'attente qui l'a épuisée. Ce sont aussi les humiliations répétées des puissants, auxquelles elle ne pouvait se soustraire, la fragilité de son rôle, déterminé par des siècles de traditions. La nostalgie d'un temps passé pour toujours, des jours perdus. L'incertitude du lendemain. Le gouffre de la solitude. L'impossibilité de se fier à quiconque. Même à cet homme, elle ne fait pas confiance, bien que quelque chose en lui l'attire. Je connais Pénélope, je sais quand elle emploie la ruse. Maintenant, par exemple, elle décide de mettre l'étranger à l'épreuve :

– Alors, si tu as vu Ulysse, décris-moi sa tenue.

– Tu me demandes beaucoup : cela fait plus de vingt ans. Pourtant, je me souviens qu'il portait une tunique de la couleur de l'oignon sec, et par-dessus un manteau en laine pourpre, fermé par une broche en or à double rainure représentant un chien maintenant un cerf avec ses pattes avant.

C'était bien lui. Elle lui avait elle-même donné ces vêtements. Ma reine éclate en sanglots. L'hôte tente de la réconforter, il veut la convaincre que son mari reviendra, on dirait presque qu'il ressent sa douleur déchirante.

– Ô noble épouse d'Ulysse, j'ai eu des nouvelles par Phidon, le roi des Thesprotes : il m'a dit que ton mari était sur le chemin du retour, chargé de trésors si précieux qu'ils permettront de maintenir la lignée jusqu'à la dixième génération. Le temps de l'attente touche à sa fin, reine : ton Ulysse arrivera quand la lune se retirera et que la nouvelle commencera.

Pénélope remercie l'hôte. Pour l'aider à reprendre des forces, elle veut le confier à ses servantes pour qu'elles le lavent et l'enduisent d'huile. Et au banquet, il sera assis à côté de Télémaque. Il refuse, demande que ce ne soient pas les jeunes servantes qui le lavent, mais une vieillarde qui connaisse la douleur aussi bien que lui.

Alors la reine, dont les larmes n'ont pas encore séché, lève les yeux vers moi, la vieille nourrice qui garde les secrets et l'histoire des habitants de l'île. Je suis tellement habituée à la servir qu'un regard suffit. Je m'empresse de conduire l'hôte dans une chambre à l'écart, où la cuve est prête et où, pour la première fois, quand les servantes sont parties, j'adresse la parole au mendiant :

– Tu n'as pas voulu qu'une jeune servante te lave les pieds, je le comprends : j'ai senti à quel point ces chiennes t'ont méprisé. Moi, je te laverai parce que ma reine me l'a ordonné, mais aussi par compassion envers toi. Et je veux te dire encore une chose : j'ai vu beaucoup d'étrangers au palais, mais aucun ne ressemblait à mon roi comme tu lui ressembles, par ton aspect, ta voix et tes pieds.

Il ne répond pas. Ses yeux sont brillants.

Ai-je trop parlé ? Ce n'est pas convenable pour une femme.

Je me tais et accomplis mon devoir. J'exécute les gestes comme une liturgie : dans la bassine en bronze je verse de l'eau d'abord froide, puis chaude. L'homme apprécie, il ferme les yeux. Je comprends à son long soupir qu'il n'a pas détourné son esprit de ses pensées depuis longtemps.

Puis l'imprévu se produit.

En passant les mains sur les jambes du mendiant, je sens quelque chose de bizarre sur sa cuisse : je sursaute en reconnaissant la vieille blessure. Je lâche son pied, qui retombe dans la bassine en résonnant sur le bronze, et je recule, bouleversée.

– Ulysse ! Tu es Ulysse !

Me sentant défaillir, je dois m'appuyer à un solide pilier pour ne pas tomber.

Mon cœur bat la chamade, je verse des larmes d'émotion.

La blessure du sanglier. Je ne peux pas me tromper.

Ulysse était enfant quand il se rendit au village de son grand-père Autolycos, celui même qui avait choisi son nom : « Beaucoup ont une mauvaise opinion de moi, aussi, qu'on nomme l'enfant Ulysse, qui signifie "haï". Je veux que, quand il sera grand, il vienne avec moi sur le mont Parnasse, où le palais maternel déborde de biens. Je lui en donnerai une grande partie, quand il rentrera à Ithaque. »

Connu pour être escroc et parjure, Autolycos était peut-être le fils de l'immortel Hermès : le dieu lui avait transmis l'art de voler sans être pris. Les grands-parents et les oncles accueillirent Ulysse avec des embrassades et des accolades. Ce furent des moments touchants. Puis était venu le jour de la chasse, le douzième après son arrivée : l'épreuve du feu. Les hommes étaient partis un matin et avaient gravi les pentes boisées du Parnasse. Le jeune Ulysse avait suivi les chiens, dans l'espoir de se distinguer, serrant dans sa main sa lance aiguisée.

Entre les buissons était tapi un sanglier majestueux qui, en entendant le remue-ménage des chasseurs, s'était jeté sur eux comme un fou et avait chargé Ulysse : la bête l'avait mordu au-dessus du genou, son croc avait pénétré la chair et en avait arraché un morceau, sans toutefois atteindre l'os. Malgré la surprise, le jeune homme avait réussi à lui transpercer l'épaule de sa lance. L'animal s'était écroulé. Autolycos et ses fils s'étaient précipités pour le secourir, le sang coulait abondamment mais ils l'avaient contenu à l'aide de bandes bien serrées et en invoquant un sortilège pour stopper le flux. Cette blessure avait marqué son entrée dans l'âge adulte et avait enseigné à Ulysse que – en toute circonstance – il lui faudrait surveiller ses arrières.

Ulysse et moi nous regardons fixement, bouleversés. Mes yeux sont rougis par les larmes. Les siens sont implacables. Le guerrier n'a pas le temps de s'émouvoir, pour l'instant. Ulysse m'ordonne de ne rien dire à personne, me prévient que sinon il sera sans pitié. Je balaye sa menace : quelle bêtise, comment pourrais-je le trahir ? Il devrait me connaître, il devrait savoir que ma fidélité est aussi solide qu'un roc.

Il me dit que Télémaque sait déjà, le roi s'est révélé à lui ce matin, ils sont tombés dans les bras l'un de l'autre en sanglotant douloureusement, comme quand les paysans arrachent les petits à leur mère. Ulysse lui a raconté qu'il a été ramené par les Phéaciens, Télémaque s'est déclaré fier – il l'a toujours été – de ce père dont la réputation traverse les arcs-en-ciel. Mais il a vite été droit au but : « Glorieux père, nous devons être prudents, nous ne sommes que deux et ils sont des centaines. Les prétendants de Doulichion sont cinquante-deux, sans compter leurs serviteurs, les nobles de Samé, vingt-quatre, ceux de Zacynthe, vingt, et douze viennent d'Ithaque. Il y a aussi avec eux le héraut Médon, le divin aède et deux serviteurs dévoués. Comment ferons-nous contre eux tous ? Ne peux-tu pas chercher des alliés ?

– Athéna et Zeus te suffisent-ils, comme alliés ? lui a demandé mon glorieux maître en le regardant droit dans les yeux, pour montrer qu'il ne mentait pas, avant de poursuivre : Compte sur eux. Aux premières lueurs de l'aube, rentre chez toi et si tu dois encore subir les outrages des prétendants, prends patience et tiens bon. J'arriverai plus tard avec Eumée, je viendrai au palais, mais toi – je t'en conjure –, quoi qu'il se passe, n'interviens pas, même s'ils me frappent ou me traînent hors de la cour par les pieds. Quand la sage Athéna me fera comprendre que c'est le moment, je ferai un signe et alors tu devras prendre toutes les armes de guerre qui se trouvent dans le palais. Fais-toi aider d'Euryclée, entasse-les dans la chambre aux hauts plafonds et si quelqu'un t'interroge, dis que tu les as retirées pour les nettoyer. Fais semblant d'être inquiet que les prétendants, échauffés par le vin, les utilisent imprudemment et se blessent. Laisse seulement, pour toi et pour moi, deux hastes et deux boucliers en peau de bœuf. Et surtout, que personne ne sache que je suis rentré, pas même ta mère ! »

Ainsi l'infatigable Ulysse médite sa vengeance en secret, comme une lionne immobile derrière un buisson qui attend sa victime, consciente que ses respirations sont comptées.

Pénélope

Le héraut Médon m'a révélé ce que déjà je soupçonnais : ils voulaient tuer mon fils, les scélérats. J'ai patiemment supporté leur présence, parce qu'il n'est pas convenable qu'une femme tiennent tête à tant d'hommes : ils m'auraient prise de force. J'ai rusé pendant de nombreuses années, j'ai ajourné, tissé, défait, parfois souri, d'autres fois promis avec des mots ailés qui s'envolaient aussi vite que je les avais prononcés. Je l'ai fait pour conserver le trône de l'homme que j'aime depuis plus de vingt ans. Je l'ai fait pour que mon fils jouisse de son héritage légitime. Je me suis battue à coups de griffes et de dents, mais celles de l'esprit. J'ai prétendu que je tissais un suaire, un suaire sans fin, celui qui servirait à mon beau-père, Laërte, le jour de sa mort. Tissé le jour, défait la nuit. J'étais déterminée, car l'enjeu était le pouvoir, le royaume d'Ithaque, le rêve d'un amour et la solidité d'une famille.

Cette solidité, je l'ai en grande partie construite seule, comme cela nous arrive souvent à nous, les femmes. J'ai élevé mon fils, j'ai essayé de régner avec discernement, en tenant compte de la voix des anciens. J'ai affronté seule la violence de nobles impétueux qui me demandaient en mariage mais me transperçaient du regard, ne visant en fait que la richesse de mon royaume. Je n'ai cessé de chercher un équilibre entre la patience du compromis et la terrible colère causée par les concessions auxquelles j'ai été contrainte.

Mais j'ai de plus en plus de mal à supporter tout cela. Moi qui ai fait de l'absence la mesure de l'amour, aujourd'hui j'aimerais tant avoir quelqu'un à mes côtés. Pas n'importe qui, non. Mon rêve est que mon époux légitime revienne. Télémaque, tenté par l'idée que les femmes sont influençables et inconstantes, doute parfois de moi. Pourtant je me sais ferme. Même si je n'aimais pas Ulysse, je préférerais l'attendre pour l'éternité plutôt que de finir entre les griffes de l'un de ces puissants. Et de toute façon je l'aime, depuis le premier instant : pour l'épouser j'ai refusé de me plier au bon vouloir de mon père, issu de Persée. Télémaque est le fruit de notre amour. C'est pour cette raison que je suis furibonde, que je me laisse guider par mon instinct maternel et que je gifle les prétendants de ma colère lorsque je me présente devant eux. Parce que je sais qu'ils ont attenté à la vie de mon fils et, bien qu'il se soit sauvé, je suis folle de rage :

– Vous êtes tous des misérables, et toi, Antinoos, tu es le plus misérable de tous ! Pourquoi avez-vous fomenté la mort de mon fils ? Ne savez-vous pas qu'il est sacrilège de propager le mal ? As-tu oublié ce qui est arrivé à ton père ? Il a accosté à Ithaque, poursuivi par les pirates de Taphos qui voulaient le punir d'avoir causé du tort aux Thesprotes, nos alliés. Nous avons brisé notre alliance pour le protéger. Ulysse les a empêchés d'arracher le cœur de ton père et de voler ses biens. Et toi, comment rends-tu la pareille ? En mangeant ici à l'œil, en tentant de séduire sa femme et même de tuer son fils !

Quand l'hôte nous rejoint, quelque chose s'apaise dans mon cœur. Je perçois en lui une très lointaine ressemblance avec Ulysse. Quelque chose de commun à tous les marins, la peau brûlée par le soleil, les yeux parfois voilés d'ambre. Ou est-ce le désir de revoir mon mari aimé qui me tenaille ? Ce vieil homme abîmé approche la chaise du feu et arrange ses vêtements de mendiant d'un geste royal. Je tente de refouler une sensation nouvelle : moi qui suis si forte pour maintenir les distances, j'ai envie de me jeter à son cou et de laisser éclater ma joie. Sa présence me rassure, mais je me contente de lui parler comme s'il était mon frère. Je lui explique à voix basse mes difficultés, mon déchirement : je voudrais rester avec Télémaque et préserver les biens d'Ulysse, pourtant je crains d'être contrainte d'épouser l'un des prétendants. Je lui raconte un rêve, dont je connais déjà la signification : je le fais uniquement parce que j'espère tant qu'il se réalisera.

– Vingt oies picorent du grain dans la cour, près de l'eau : j'aime les regarder. Dans le ciel plane un aigle au bec crochu. Il vient briser le cou de chacune des oies, qui gisent en tas dans la cour. Moi, je gémis et je pleure, entourée des servantes empressées. Puis l'aigle s'adresse à moi et me dévoile le mystère : « Ceci est une prophétie. Je suis Ulysse et les oies, les prétendants, que je massacrerai plus tôt que tu ne le crois. »

L'inconnu tente de lire dans mon âme.

– Ce rêve se passe d'explication, femme, tu ne peux douter de sa signification. Les prétendants seront bientôt tués, l'un après l'autre, aucun n'échappera à son destin.

– Tu sais qu'il existe deux sortes de rêves, étranger : ceux qui franchissent des portes en corne et ceux qui franchissent des portes en ivoire. Les premiers sont dangereux et inutiles, les seconds, véridiques. J'adorerais que ma vision soit arrivée par la deuxième porte, mais je ne le crois pas. Mon heure est venue : Aurore aux doigts de rose fera bientôt éclore un jour nouveau, lors duquel je vais organiser un concours. Celui qui réussira à égaler le glorieux Ulysse – en traversant de sa flèche, tirée de très loin, les anneaux de douze haches alignées – m'épousera et pourra m'emmener chez lui, loin de cet endroit que je chérirai pour toujours dans mon cœur et dans mes rêves.

Je salue l'hôte et me retire dans ma chambre, où je m'abandonne à un doux sommeil, trop irrésistible pour ne pas être envoyé par une déesse.

Le lendemain, quand la légère brume de rose apparaît, je me lève et je descends sur la pointe des pieds pour observer à nouveau l'hôte. Il a déjà rassemblé son manteau et les peaux de bête dans lesquelles il s'est enveloppé pour la nuit, et il est en train de prier Zeus, les mains tendues. Il demande à être rassuré, il veut un présage. Un coup de tonnerre résonne soudain, bien qu'il n'y ait pas un nuage : le signal est sans équivoque.

Au même moment Télémaque se lève, beau et radieux. Il s'habille, noue ses sandales en cuir, passe son épée en bandoulière et empoigne sa lance de guerre à la pointe en bronze. Il réprimande Euryclée pour avoir laissé l'étranger dormir dans le vestibule, sans un lit digne de ce nom, sur une peau de bœuf non tannée et une autre de chèvre, mais elle répond que c'est l'homme qui l'a souhaité. Après avoir enfilé ses belles jambières, Télémaque sort, accompagné de ses chiens, semblable à un dieu. Il se rend au conseil des Achéens. Euryclée, elle, donne des consignes aux servantes : elles doivent jeter de l'eau sur le sol, les trônes, les draps rouges, puis nettoyer à l'éponge les tables, les cratères et tout ce qui sert aux repas. D'autres sont envoyées à la fontaine chercher la précieuse eau qui coule sans trêve.

Eumée pousse trois cochons gras, qu'il laisse libres dans l'enclos. Arrive Mélanthios, le berger qui se croit couronné par le succès uniquement parce qu'il est protégé par les prétendants. Il adresse de désagréables paroles à l'étranger. L'autre se retient. Puis ils sont rejoints par Philétios, chef des bergers, qui apporte une vache stérile et des chèvres grasses pour régaler les prétendants. Philétios parle gentiment à l'homme, lui dit regretter son roi, qui lui manque tant :

– Ces profiteurs consument un riche patrimoine, jour après jour, et moi, je dois apporter les animaux. J'aurais déjà cherché un autre maître si une partie de moi n'espérait qu'Ulysse revienne. Et je voudrais être à ses côtés, au cas où il prenne les armes contre les prétendants. Tu lui ressembles, tu sais ?

C'est vrai, cet homme lui ressemble.

La voix des prétendants qui pensent encore à éliminer mon fils détourne mon attention, et je remercie le dieu qui leur envoie, d'en haut, un avertissement : un aigle vole, intrépide, serrant dans son bec une colombe. Amphinomos interprète le prodige en leur disant d'oublier leurs projets d'assassinat et en incitant les misérables à s'occuper du repas.

Commence alors la danse des préparatifs, les prétendants déposent les fourrures sur les trônes et sur les chaises, tuent les cochons, les débitent et font griller la viande, pendant ce temps, le porcher prépare les coupes, Philétios apporte les corbeilles de pain et Mélanthios verse le vin.

C'est le début du repas. Télémaque installe l'hôte près de la porte, légèrement à l'écart, lui verse du vin et ordonne qu'on lui serve les viscères, avant de parler suffisamment fort pour que les autres l'entendent :

– Mange sereinement, vieil homme. Je m'assurerai personnellement que personne ne t'offense, parce que cette maison n'appartient pas à quiconque y pénètre, mais est celle de mon père, Ulysse. Et malheur aux prétendants qui bousculeront ou frapperont mon invité.

– J'ai toujours dit que tu étais un grand orateur, Télémaque, répond Antinoos, fils d'Eupithès, avec un sourire de mépris. Mais attention parce que nous, les prétendants, pourrions bien fermer ta grande bouche pour toujours.

Mon fils ignore la menace. J'entends à ce moment-là que, en ville, les hérauts sont en train de sacrifier des animaux pour gagner les faveurs des dieux.

Le maléfique Ctésippe, un noble de Samé, lance d'une voix sarcastique :

– Mes amis, Télémaque a raison : son hôte doit être traité avec respect. Moi aussi, je veux lui offrir un cadeau.

Il saisit un pied de bœuf dans une corbeille et le lance sur lui. Les autres rient. L'étranger qui ressemble à Ulysse se baisse promptement pour l'éviter.

– Tant mieux pour toi, lâche ! se fâche mon fils. Si tu l'avais touché, tu n'aurais pas échappé à ma lance et ton père, au lieu de célébrer tes noces, aurait préparé ton enterrement. Assez de ces actes cruels en ma demeure ! Vous voulez me tuer ? Allez-y. Mieux vaut mourir que supporter votre ignoble présence, vous qui maltraitez les hôtes et entraînez les servantes dans vos lits.

Pendant quelques instants les chacals se taisent, puis le Damastoride Agélaos prend la parole :

– Allons, les amis, obéissez à Télémaque, il n'a pas tort. Laissez cet hôte en paix. Mais toi, fils d'Ulysse, admets que ton père est mort, cesse de nous importuner et impose à ta mère d'épouser le meilleur d'entre nous. Le plus offrant l'emmènera, et toi, tu resteras ici pour administrer les biens de ton père.

– Tu te trompes lourdement, Agélaos. Je n'ai jamais interdit à ma mère de se remarier. Au contraire, si cela arrivait je la couvrirais de cadeaux. Mais si ce n'est pas ce qu'elle souhaite, jamais je ne la chasserai de la maison. Ce n'est pas ma faute si vos désirs ne sont pas exaucés : ce sont peut-être les dieux qui vous empêchent de réaliser vos cupides projets.

Des rires ignobles s'élèvent. Leurs visages sont déformés par la mastication, leurs bouches, imprégnées de sang, leurs yeux ont une lueur étrange, presque lugubre. Je me penche pour les observer plus attentivement : les prétendants pleurent. Comment est-ce possible ? On dirait presque qu'une déesse a fait germer en eux la graine d'un mauvais présage.

– Que vous arrive-t-il, compagnons ? demande quelqu'un. Quel malheur s'abat sur vous pour que vous pleuriez comme des femmelettes ?

– Je vois du sang sur les murs et sur les linteaux, je vois des fantômes sous le porche et dans la grande salle, répond un autre. Et dehors, une obscurité sinistre a enveloppé le soleil.

Les prétendants continuent de discuter de la suite à donner aux événements, et je remarque que Télémaque fixe notre hôte avec trop d'intensité. Suis-je bouleversée ou ce que je ressens m'est-il inspiré par les dieux ? C'est comme si Athéna aux yeux pers dictait mes gestes. J'écoute sa voix, je me laisse guider dans les escaliers, mes servantes me suivent, je prends la grande clé recourbée, je dois récupérer l'arc qui appartenait à mon époux bien-aimé. La clé est en bronze, avec un manche en ivoire : c'est celle qui ouvre la porte de la dernière pièce, lieu inaccessible et privé, où je conserve les trésors de famille, les bijoux, mais aussi l'arc et le carquois, qui contient de nombreuses flèches entachées par le deuil.

J'introduis la clé dans la serrure de la porte en chêne, réalisée par un menuisier habile, je tourne, le pêne se déplace et la porte s'ouvre avec un bruit qui évoque le mugissement d'un taureau. Je vois tout de suite l'arc, je le sors de son carquois et en caresse la corde encore tendue ; la nostalgie du passé m'enserre les tempes et je me remets à pleurer.

Je sèche mes larmes et repars, tenant bien serrés contre moi l'arc et le carquois, dont les flèches tintent à chaque pas. Les servantes me suivent en portant un panier plein de cognées. Je traverse la salle, les regards des prétendants sont rivés sur moi. De la poix dérangeante, comme chaque fois.

Je m'arrête près d'un pilier, je me couvre les joues de mon châle et me tourne vers eux. J'indique les cognées en fer et en bronze et parle d'une voix la plus ferme possible :

– Le moment que vous avez tant attendu est venu : c'est aujourd'hui que je vais décider qui m'emmènera loin d'ici. Assez de troupeaux décimés et de vin gaspillé dans cette maison. J'épouserai celui qui réussira cet exploit que mon mari a tant de fois réalisé : traverser d'une seule flèche les anneaux de douze haches alignées.

Le porcher et le vacher pleurent en revoyant ces armes chères à Ulysse, Télémaque aligne les douze cognées après les avoir fixées dans une fosse fraîchement creusée, puis il dit :

– Je souffre à la pensée que ma mère partira d'ici, mais il doit en être ainsi. L'un de vous ramènera chez lui une femme unique parmi les Achéens. Elle n'est égalée ni à Pylos la sacrée, ni à Argos, ni à Mycènes la fastueuse. Mais je n'ai pas besoin de chanter les louanges de ma mère : vous la connaissez. Que la compétition démarre ! Je tirerai le premier, juste pour le plaisir de participer.

Mon fils se débarrasse de son manteau pourpre, dépose son épée et empoigne l'arc. Malgré ses efforts pour le tendre – il essaie en vain trois, et même quatre fois –, celui-ci est trop dur, alors il renonce. Il baisse les bras et, sans se démonter, encourage les autres :

– C'est à vous : prouvez que vous êtes meilleurs que moi.

Antinoos encourage ses compagnons, et le premier à se lever est Léiodès, le fils d'Œnops, l'aruspice qui est toujours assis au fond de la salle, près du cratère. L'un après l'autre, tous les prétendants tentent leur chance, sans résultat. Ils font pâle figure, ces jeunes gens qui n'ont jamais connu l'effort et les sacrifices ! Ces imbéciles qui ne pensent qu'à s'amuser et prendre du plaisir, qui ne savent pas ce que signifie suer dans les champs et naviguer sur des mers dangereuses. Ils ignorent le goût amer de la faim et la souffrance de l'abstinence. Comment peut-on vivre vraiment quand on n'a jamais souffert ? Il ne reste plus qu'Antinoos, qui propose de reporter la compétition au lendemain. Il blâme les dieux, aujourd'hui c'est la fête de Phébus Apollon, qui peut prétendre exceller avec un arc ? Antinoos voudrait faire d'autres libations en l'honneur du dieu, pour s'attirer ses bonnes grâces. Encore des chèvres grasses à tuer, prélevées au patrimoine de mon époux. Antinoos aurait-il peur ? C'est alors que l'hôte surprend tout le monde. Il se lève en demandant à essayer, lui aussi. Il se fait remettre l'arc par Eumée. Les prétendants tentent de le lui interdire, une querelle est sur le point d'éclater. Je dois intervenir :

– Pourquoi ne voulez-vous pas qu'il essaie, lui aussi ? Que craignez-vous de ce mendiant ? Qu'il m'emmène dans son palais pour m'épouser ? Ne soyez pas stupides ! S'il gagne, je pourrai seulement lui offrir un manteau, une tunique, des sandales, une épée et une lance pour se défendre des chiens. Ou pour se protéger des hommes comme vous.

Je ne sais pas pourquoi Télémaque, qui était hier encore un petit garçon qui venait s'asseoir sur mes genoux, veut toujours prouver qu'il est un homme, allant parfois jusqu'à me rabaisser. Pourtant c'est la norme, chez nous : le fils, même s'il a trois poils de barbe, a le droit et le devoir de commander sa mère et ses sœurs. Peut-être qu'en réalité Télémaque veut seulement me protéger, parce que le massacre approche, c'est palpable. Il ne cherche qu'à être prévenant. Il ne veut pas qu'une seule flèche à la pointe de bronze m'effleure. Il m'interrompt donc au meilleur moment, et m'ordonne de me retirer dans mes appartements et de m'asseoir à mon métier à tisser. Je ne peux pas désobéir. Je ne veux pas que les autres perçoivent le moindre désaccord dans ma famille. Alors je fais semblant de m'exécuter et j'opte pour la seule solution possible : me cacher derrière un rideau et, de l'étage, épier sans être vue.

Télémaque ordonne à Philétios de s'occuper des sorties. Ce dernier demande à Euryclée de barricader les portes, afin qu'aucune fuite ne soit possible. Toutes les ouvertures sont condamnées : Philétios renforce les battants de la porte principale avec une corde de navigation en fibre de papyrus, très solide et résistante. Après une nouvelle prise de bec entre Télémaque et les prétendants, le mendiant obtient l'arc. Tout le monde le regarde observer l'arme, la toucher de ses mains puissantes, la retourner pour vérifier que les vers ne l'ont pas endommagée, observer le boyau de chèvre retourné. Ses doigts caressent la corde et il en sort un son pareil à un chant d'hirondelle.

Puis, quasiment sans effort, il bande l'arc et vise les cognées. Au même moment Zeus, d'en haut, envoie un présage : le ciel résonne d'un immense coup de tonnerre.

L'homme vêtu en mendiant lâche la flèche qui, en un instant, traverse tous les anneaux. Et je comprends ce que je savais déjà au fond de mon cœur. J'avais raison sur cette lointaine ressemblance : cet homme n'est pas un étranger, mais celui que nous attendions.

Je n'ai plus aucun doute, maintenant : seul Ulysse pouvait le faire.

Mon cœur explose de joie tandis que les prétendants, humiliés, assistent avec stupéfaction au triomphe de l'hôte.

Mon mari se tourne vers mon fils, ils échangent un regard entendu : le moment est venu. D'un geste vif, Ulysse retire ses haillons, bondit sur le seuil et renverse le carquois pour avoir les flèches à portée de main.

– J'ai passé la première épreuve. Maintenant, il me faut une autre cible ! crie-t-il alors que certains le reconnaissent enfin.

Antinoos saisit une coupe pour boire, il ne soupçonne pas que la mort puisse arriver ainsi, sans s'annoncer, précisément le jour où il comptait épouser la femme d'un autre. La flèche lui traverse le cou.

Il tombe en arrière, emportant avec lui de la nourriture qui restait sur la table, et brisant la coupe qu'il tenait à la main, tandis qu'un flot de sang jaillit de son nez. Les autres, paniqués, se lèvent brusquement, cherchant un moyen de se défendre, ils regardent autour d'eux mais – naïfs ! – il n'y a pas l'ombre d'une arme. Alors ils font ce pour quoi ils sont le plus doués : ils lancent des paroles en l'air, insultent l'hôte.

– Qu'as-tu fait, criminel ? Les vautours te déchiquèteront !

Un bourdonnement de voix soumises couvre leur peur. Ils n'ont pas encore compris, les imbéciles, qu'ils sont prisonniers des filets de la mort.

Inexorablement.

– Chiens ! Je suis Ulysse et je n'aurai aucune pitié pour vous, les menace mon héros. Vous n'imaginiez pas que je reviendrais, quand vous mangiez à l'œil les bêtes de mes troupeaux, pas vrai ?

Tous blêmissent, horrifiés, et scrutent la pièce à la recherche d'une issue.

– Tu as raison, Ulysse, d'être furieux contre nous : nous avons été trop insolents dans ta maison, tente Eurymaque. Mais tu as tué le principal responsable : Antinoos, qui a même comploté pour tuer ton fils. Tu t'es vengé en lui ôtant la vie et je t'implore de nous épargner. Nous te rendrons les biens que nous avons dilapidés, du premier au dernier. Et en dédommagement, chacun de nous t'apportera le poids de vingt bœufs en bronze et or.

À la façon dont Ulysse le regarde, je crois que tout le monde comprend que rien ne pourra jamais, jamais, jamais réparer l'outrage, sinon leur mort.

– Même si vous m'offriez tous les biens de vos pères, et plus encore, ma soif de vengeance ne serait pas assouvie. Je vous massacrerai tous, rien ne m'arrêtera !

Eurymaque dégaine son épée, invitant les autres à se battre contre le souverain d'Ithaque, mais il n'a pas le temps de crier car Ulysse lui décoche une flèche en pleine poitrine, qui lui transperce le foie. Il lâche son épée, s'effondre contre la table, faisant encore tomber de la nourriture et une coupe à deux anses. Ses yeux s'embrument alors qu'il envoie encore des coups de pied dans le vide.

Amphinomos se jette sur Ulysse en sortant son épée tranchante, mais Télémaque lui envoie sa lance à la pointe de bronze dans le dos. L'homme s'écroule, sa tête cogne le sol avec un bruit sourd.

Dans la confusion des attaques et des morts, le sournois Mélanthios, le chevrier, se charge de récupérer des armes pour les chacals. Je l'aperçois qui monte les escaliers vers les appartements d'Ulysse, alors je me cache derrière une colonne ; il est trop concentré pour percevoir le froufroutement de mes châles ou pour entendre les battements affolés de mon cœur. Il revient très vite, le traître, pour distribuer aux prétendants les armes trouvées dans la chambre nuptiale : douze haches, douze casques au panache touffu, douze lances. Il remonte et redescend, deux, trois fois. Jusqu'au moment où Télémaque voit son manège et échange quelques mots avec son père pour décider de la suite.

Encouragé par Ulysse, Eumée suit avec le vacher les traces de Mélanthios. Ils le débusquent dans la chambre nuptiale, un casque dans une main, dans l'autre un vieux bouclier poussiéreux ayant appartenu à Laërte dans sa jeunesse. Les deux fidèles serviteurs se jettent sur lui et l'immobilisent. Ils lui attachent les mains et les pieds dans le dos, le hissent sur une haute colonne et le tirent jusqu'aux poutres avec une grosse corde, afin qu'il souffre mille tourments.

Ils redescendent et se jettent dans la mêlée, où un dieu dévie sans doute les tirs des adversaires : une lance frappe le mur, une autre, le montant de la porte, une autre encore siffle dans le vent. Une flèche d'Amphimédon manque de peu le poignet de Télémaque, mais l'égratigne à peine. Ctésippe frappe superficiellement l'épaule d'Eumée, sans le blesser. Ulysse est furieux et impressionnant : il transperce Eurydamas, les siens se vengent des outrages subis, les adversaires s'écroulent, frappés sans pitié. Ceux qui restent sont saisis d'effroi et courent dans la pièce, échevelés, comme les vaches piquées par des taons au printemps. Léiodès l'aruspice s'incline et attrape les genoux de mon époux bien-aimé en implorant sa pitié : en échange, il obtient une épée plantée dans son cou. Même Phémios, l'aède, demande la clémence. Il chantait car les prétendants l'y obligeaient, pas par choix. Ulysse les épargne, lui et le héraut Médon – uniquement parce que Télémaque le lui demande et parce que les deux hommes, s'ils restent en vie, pourront raconter comment le bien l'a emporté sur le mal.

Le massacre se poursuit, moi, j'observe à la dérobée, depuis le haut de l'escalier, la pièce qui se remplit de cadavres et d'un effluve de sang et de mort. Ulysse fait appeler Euryclée, qui arrive immédiatement et, à la vue de ce sombre tableau, voudrait exulter. Mais Ulysse l'arrête. Montrer de la joie devant tant de défunts est sacrilège : on peut seulement accueillir la paix du cœur, et se rappeler que personne ne sort vraiment vainqueur d'une guerre.

– Euryclée, indique-moi parmi les servantes celles qui nous ont trahis.

Elle le regarde avec les yeux humides d'une vieille qui croyait avoir déjà tout vu.

– Tu possèdes cinquante esclaves, à qui nous avons appris à effectuer les travaux ménagers et à carder la laine. Parmi elles, douze nous ont poignardés dans le dos et ont même manqué de respect à Pénélope.

– Fais-les venir ici.

Mon mari parle avec mon fils, le porcher et le vacher : il les consulte peut-être sur le sort à réserver à ces infâmes. Quand elles arrivent, les stupides jeunes filles pleurent comme des agneaux menés à l'abattoir. On leur ordonne de porter les dépouilles sous la galerie de la cour et de bien les empiler. Elles s'exécutent en pleurnichant : oisives pendant des mois grâce à la protection de leurs amants, elles ont perdu l'habitude du travail. On les force ensuite à nettoyer, avec de l'eau et des éponges poreuses, toute la pièce, les trônes somptueux et les tables. En même temps, Télémaque, le porcher et le vacher grattent le sol de la solide maison et les femmes portent la terre dehors.

Une fois la grande salle redevenue belle et étincelante, les traîtresses comprennent que le moment fatidique est venu. On peut lire l'effroi dans leurs yeux. Conduites sur un sentier étroit, elles crient en se découvrant prises au piège, comme des colombes dans un filet. Télémaque veut pour elles une mort exemplaire, alors elles sont pendues. L'une après l'autre, elles envoient des coups dc pied dans l'air. Je ne ressens aucune peine, même pas pour Mélantho, sœur de Mélanthios, que j'ai élevée comme ma fille : elle m'a trop trahie, en couchant avec Eurymaque et en lui permettant de comploter dans mon dos.

Puis c'est au tour de Mélanthios, le chevrier. Sa punition est féroce : il est traîné à travers le vestibule et la cour, d'abord on lui coupe le nez et les oreilles, puis on lui arrache les parties génitales, qu'on lance en pâture aux chiens. Ensuite on lui tranche les mains et les pieds.

Euryclée apporte du soufre et du feu pour purifier la salle, comme le lui a demandé Ulysse, qui disperse lui-même le tout avec soin : demain sera un jour nouveau.

Les servantes le rejoignent en courant, chacune porte une fiole. Elles entourent mon mari, le reconnaissent, lui baisent la tête, les épaules, les mains, le comblent d'affection et pleurent de reconnaissance.

– Merci à notre roi d'être revenu, gémit une voix.

Le moment est venu de sortir de l'ombre.

Je descends l'escalier, comme si j'arrivais de mes appartements, me réveillant d'un long rêve.

Je franchis le seuil de pierre et m'assois en face de lui, pour l'examiner de près. Il est appuyé à une colonne, cette fois c'est lui qui attend.

Je suis des yeux les contours de ses larges épaules, de ses mains qui ont guidé les navires si loin. De temps à autre je baisse les yeux puis je les relève, derrière mon voile. Il resplendit, merveilleux, le dernier des héros. Le plus imaginatif, le plus intelligent.

Même dans les moments cruciaux, Télémaque ne sait pas se taire. Pour se montrer homme, il me réprimande :

– Mère, as-tu une pierre à la place du cœur ? Pourquoi hésites-tu ? N'importe quelle autre femme courrait vers lui et le serrerait fort dans ses bras.

Cette fois, je refuse d'encaisser et le fais taire, malgré mon amour infini pour lui :

– Mon fils, ne te mêle pas de mon comportement avec ton père. Nous saurons nous reconnaître : nous avons des signes, tous les deux, que nul autre ne connaît.

À ces mots, le patient, l'immense Ulysse sourit. Il a très bien compris. Je ne peux pas me jeter maintenant à son cou : je veux qu'il soit à son tour celui qui attend. Il me l'a imposé pendant vingt ans, je le lui demande pour quelques heures. Il me le doit. Je veux lui lancer un défi secret. Le mettre à l'épreuve dans le langage codé qui n'appartient qu'à nous.

Les femmes, parées et portant d'élégantes ceintures, se rassemblent dans la salle. Les hommes les rejoignent pour danser, la maison résonne des bruits de la fête, tandis que l'aède entonne son chant divin.

Après avoir lavé Ulysse, l'intendante Eurynomé l'enduit d'huile et le vêt somptueusement. Quand il revient, il me semble encore plus beau. Son corps toujours athlétique. Ses boucles magnifiques, pareilles à des fleurs de jasmin. Enfin il me parle :

– Malheureuse ! Aucune femme ne traiterait ainsi son mari, l'ignorant quand il revient après si longtemps. Euryclée, prépare-moi un lit pour me coucher, seul : cette femme a un cœur de pierre.

– Je ne suis pas malheureuse, je suis plutôt étonnée. Je me souviens très bien des traits de mon mari.

Il comprend que je joue. Je veux qu'il me courtise, qu'il m'offre son désir gonflé par l'attente. Ni lui ni moi n'avons jamais aimé les choses faciles.

– Euryclée, apportez le lit qu'il a lui-même fabriqué et couvrez-le de peaux, de fourrures et de couvertures scintillantes.

– Me mets-tu à l'épreuve, femme ?

J'esquisse un sourire énigmatique qui pourrait signifier « peut-être ».

– Alors sache que personne ne peut déplacer ce lit.

– Pourquoi donc ?

– Personne ne pourrait bouger ce lit, même pas un dieu, parce qu'il cache un secret. Je l'ai construit de mes mains à partir d'un grand olivier, dont les solides racines sont encore plantées dans le sol. Quand j'ai vu cet arbre, j'ai su qu'il serait le centre du palais et, pour nous, le centre du monde : ainsi j'ai bâti notre chambre autour, puis toute la maison. Donc j'ai coupé son épaisse chevelure aux petites feuilles, j'ai dégrossi son tronc et je l'ai chantourné pour donner sa forme à notre couche. J'ai décoré la tête de lit avec des arabesques d'or, d'argent et d'ivoire et, à l'intérieur, j'ai tiré des courroies en cuir de bœuf colorées de pourpre.

Il m'a donné le signal. Il a déjà relevé mon défi secret. Mais nous partagerons cette victoire. Les jambes en coton, je m'élance vers lui, jette mes bras autour de son cou et l'embrasse avec passion sur la tête.

Il pleure et me serre fort. Je pleure avec lui et je le contemple comme le naufragé qui, après tant d'épreuves, touche enfin la terre et n'a pas envie de se retourner pour regarder les eaux menaçantes où il a manqué de se noyer. Je n'arrive pas à desserrer mon étreinte. J'ai tant invoqué mon mari. Je l'ai tant attendu. Ainsi les heures passent, nous nous redécouvrons, nous délectant l'un de l'autre, et la nuit, complice, s'étire même un peu.

Il me met en garde, il veut tout partager avec moi, même les prophéties de Tirésias : il me prévient qu'une dernière épreuve l'attend et qu'elle sera très difficile. Il doit repartir, se rendre dans des cités mortelles, jusqu'au jour où il arrivera chez des peuples qui ne connaissent pas la mer et mangent de la nourriture sans sel. Là, un vagabond lui dira qu'il porte un van sur ses épaules : ce sera le signal. Ulysse devra planter sa rame dans la terre et sacrifier des bêtes à Poséidon : un bélier, un taureau et un verrat qui monte les truies. Puis il rentrera chez lui, il y aura d'autres sacrifices pour les dieux immortels et sa mort sera douce, loin de la mer, après une vieillesse sereine et dignc, entourée de splendeurs.

– Et maintenant, allons nous coucher, dit-il.

Alors Télémaque, Eumée et Philétios interrompent les danses à l'étage du dessous et invitent tout le monde à aller dormir.

Dans le lit nuptial, les paroles coulent comme un fleuve : je lui raconte ce que j'ai subi avec la présence des prétendants, qui puisaient sans fin le vin des jarres et faisaient égorger des bêtes sans aucune logique. Il me narre ses aventures, parfois il verse une larme. Je tremble avec lui, horrifiée par les tempêtes cruelles, par le terrible Cyclope cannibale, l'atroce Scylla et la déraison bestiale de ses compagnons défunts, morts par leur propre faute. Les mots prononcés tout bas remplissent la pièce comme une douce mélodie, je me sens enfin rassurée par la voix aimée, par la douce caresse du retour. Nous parlons, nous interrompant uniquement pour nous embrasser et nous offrir le plaisir si longtemps refusé, nous déroulons des jeux d'amour sans la hâte de la jeunesse, conscients de ce dont nous nous souvenons l'un de l'autre, puis nous reprenons les confidences, ventre contre ventre, bouche contre oreille, bras entremêlés, jusqu'à ce qu'un irrésistible sommeil s'empare de nous, encore enlacés.

Le lendemain, mon mari aimé se lève ; il n'a pas besoin de me dire où il va : je sais qu'il se rend chez son père adoré, Laërte, qui mène une vie pauvre près de ses champs, dormant sur des cendres ou sur un lit de feuilles séchées, à la manière d'un serviteur.

Mon époux s'éloigne après avoir fait glisser une caresse sur ma joue sans voile. Je sais ce qui va arriver : une fois encore Ulysse se fera passer pour un autre, déployant son art de la multiplicité. Il ne peut se contenter d'un seul visage. Et quand il se révélera, il y aura beaucoup d'émotion dans les retrouvailles.

Tout se déroule exactement ainsi, je l'apprends quelques heures plus tard, quand ils reviennent, marchant l'un à côté de l'autre, les yeux en paix, cette paix de ceux qui jurent qu'ils ne permettront plus aucun abus.

La famille est réunie, l'île est sauve, mais il reste encore une épreuve. La nouvelle du massacre a déjà parcouru les chemins et traversé la mer : les familles des jeunes assassinés réclament vengeance.

Les hommes se pressent au palais et demandent à grands cris que celui qui a tué la prunelle de leurs yeux et interrompu leur dynastie soit châtié. Ils sont guidés par Eupithès, dont le cœur saigne de la mort de son fils, le puissant Antinoos. Derrière lui est rassemblée plus de la moitié des habitants d'Ithaque.

Laërte, Ulysse et Télémaque, suivis de leurs fidèles, sont prêts à les affronter. C'est Laërte qui envoie sa lance sur le père d'Antinoos, après que Mentor – ou était-ce Athéna ? – l'y a incité : la pointe de bronze le transperce.

Il tombe avec un bruit sourd, son armure résonne, ses compagnons se regardent, ahuris, accablés par tant de morts mais prêts à contre-attaquer.

Puis il se passe quelque chose.

Mentor déclare d'une voix impétueuse :

– Assez d'effusions de sang ! Faut-il vraiment enterrer d'autres cadavres ?

Il les incite à déposer les armes et renoncer au combat. Arrive immédiatement un signe sans équivoque de Zeus, qui ratifie ses paroles : un puissant éclair s'abat aux pieds de Mentor.

Ulysse comprend que le temps des tempêtes et des guerres funestes est terminé, tout a déjà été écrit et raconté, maintenant de nouveaux pactes seront conclus afin que la concorde soit durable. Il regarde au-delà du seuil et du brasier fumant, au-delà des solides colonnes et des escaliers en pierre, il cherche mes yeux, toujours fixés sur ses magnifiques cheveux. Je lui rends son regard, je ferme les yeux et les rouvre, en signe d'assentiment.

Je suis de nouveau à tes côtés, mon amour. Je l'ai toujours été.

Note finale de l'auteure et remerciements

Ce livre est le fruit d'années d'amour pour les mythes et l'histoire grecque, d'études, de partage en classe avec mes élèves, de dévouement. Et aussi, peut-être, d'un peu de folie, folie qui a commencé quand, au collège, j'ai lu pour la première fois, seule, la version intégrale de l'œuvre d'Homère. Sur les dernières pages de mon exemplaire de *L'Iliade*, j'ai rédigé une sorte de fiche sur chaque personnage (y compris les personnages secondaires), avec des schémas précis (et sans doute erronés, nous ne le saurons jamais), émettant des hypothèses sur leur âge, leurs liens de sang et leurs relations amoureuses et surtout mortelles.

Avec mon *Odysséa* narrée par les femmes, mon intention était de réaliser un travail d'écriture fidèle au texte original, et de donner voix aux nombreuses figures féminines qu'on y rencontre, dont le rôle est révolutionnaire par rapport à l'épopée homérique. J'ai essayé de ne rien omettre de significatif ; certaines parties ont été synthétisées (la réunion des dieux dans le premier chant, par exemple) et les redondances, omises. Seule la structure narrative du début a changé : dans *L'Odyssée*, Ulysse entre en scène au chant V, ici cela se produit dès le premier chapitre ; et les chapitres correspondant au voyage de Télémaque (chants I à V) ont été déplacés et largement réduits.

Parfois j'ai été contrainte de recourir à un expédient narratif, comme au troisième chapitre, quand j'ai choisi de faire monter Nausicaa dans sa chambre pour pouvoir donner à la princesse une vision des événements d'en haut. En outre, je l'ai dotée d'une humanité et d'une empathie souhaitables de nos jours. Dans la mesure où Nausicaa est la narratrice du chapitre, j'ai tu le moment où Ulysse, enveloppé dans la brume d'Athéna, est approché par la déesse. Elle lui apparaît sous la forme d'une jeune fille tenant une cruche à la main, qui lui indique la maison d'Alcinoos mais lui conseille aussi de ne parler à personne d'autre, car les Phéaciens manquent de tolérance envers les étrangers. Par ailleurs, dans ma version, Nausicaa s'aperçoit que le héros pleure, alors que chez Homère seul son père le voit.

Toujours pour des raisons de voix narrative, j'ai omis le moment où Ulysse est démasqué par Télémaque, dans la cabane d'Eumée qui vient lui-même d'apprendre la vérité. J'ai fait entrer Euryclée dans cette même cabane, me concédant une petite licence par rapport au texte homérique. Le dernier chapitre, celui où j'ai voulu qu'apparaisse Pénélope, m'a contrainte à quelques pirouettes qui ne nuisent en rien à la structure de l'histoire. J'ai éliminé les vers du chant XXIV où les âmes des prétendants volent sur des champs de jonquilles et rencontrent les âmes d'Achille et d'Agamemnon (néanmoins, j'ai fait en sorte que le lecteur connaisse les obsèques funèbres d'Achille, en les anticipant au moment de la descente d'Ulysse au royaume des morts). Le fait que la reine soit la narratrice du dernier chapitre m'a également amenée à la rendre toujours vigilante et attentive, sacrifiant les moments de sommeil forcé et rassurant envoyés par Athéna. En réalité, durant le massacre des prétendants, Pénélope dort dans sa chambre (elle apprendra, de la bouche d'Euryclée, qu'Ulysse est rentré seulement après le carnage final), alors que dans mon récit elle observe tout sans être vue : c'était là le moyen le plus efficace pour lui permettre de raconter au lecteur, en temps réel, la vengeance qui se déroule au palais. Pour la même raison, j'ai dû voiler les interventions d'Athéna à Ithaque à travers un jeu de perceptions. Ulysse est d'abord enlaidi par la déesse pour que personne ne le reconnaisse et, à la fin, quand son aspect ne peut plus que confirmer son rôle de justicier, Athéna l'embellit (mais ce n'est pas la première fois qu'elle intervient sur son aspect : cela était aussi arrivé à Schérie). Elle laisse les prétendants l'insulter effrontément, pour que l'indignation du roi grandisse et qu'il se prépare à la vengeance. À un moment dans le texte d'Homère, Athéna suit les affaires du palais perchée sur une poutre de la salle, transformée en hirondelle, prête à soulever l'égide pour provoquer le malheur des prétendants. De plus Athéna, toujours elle, fait en sorte que Pénélope paraisse plus séduisante. Dans mon récit, ces actions ne sont que suggérées, soupçon ou possibilité, chaque fois que la déesse intervient, comme juste avant le massacre, quand les prétendants pleurent, en apparence sans raison. Pendant la nuit d'amour des époux enfin réunis, le temps se dilate car, chez Homère, Athéna a retenu Aurore près d'Océan et l'a empêchée d'enfourcher Lampos et Phaéton, les chevaux qui apportent aux hommes le jour nouveau. Mais dans mon *Odysséa*, Pénélope ne peut que le supposer.

J'ai pris quelques libertés, très peu, tout en restant à l'intérieur des frontières de l'âme humaine et physique, mais il s'agit de détails. Par exemple, la construction du personnage de Calypso a tenu compte de ses réactions, de ses comportements et des interprétations des commentateurs. Mais si j'ai inséré une robe, un voile ou une scène de repas avec des victuailles précises, ou encore la fabrication d'une embarcation avec des références techniques et nautiques détaillées, c'est parce que ces passages figurent tels quels dans l'épopée. Je n'ai volontairement rien ajouté qui n'existe pas chez Homère (par exemple, le beau sourire ou les tresses de Circé) et j'ai laissé émerger de chaque personnage un signe de ce à quoi il aspire (quand Nausicaa baisse son vêtement pour dévoiler une épaule) ; ce qui change, dans un récit où chacun a un objectif en tête, c'est uniquement l'objet du désir. Alors qu'Ulysse représente le voyageur, le migrant, l'exilé, mais aussi l'homme en quête de lui-même, les voix féminines incarnent certains paradigmes de femmes, de la plus asservie (Euryclée) à la plus émancipée (Circé).

J'ai essayé de rendre la voix d'Homère plus actuelle, en choisissant la prose, en employant un style rythmé par une première personne qui change de chapitre en chapitre et le présent comme temps narratif. J'ai également tenté de recréer la musicalité de la poésie épique grâce à la cadence du vers et à des figures rhétoriques comme la répétition, mais aussi grâce à l'utilisation du riche répertoire de formules homériques et d'épithètes calqué sur le texte grec (« Athéna aux yeux pers »).

Du point de vue philologique, j'ai voulu maintenir l'authenticité de la parole archaïque. Quand elle était complexe, comme dans le cas de *πολύτροπος*, défini à raison par Maria Grazia Ciani, dans l'introduction de son excellente traduction de *L'Odyssée* aux éditions Marsilio, comme « un mot-clé et, à ce titre, déterminant ». Composé de *πολυ* (forme compositionnelle de *polýs*, « beaucoup ») et *-τροπος*, de *τρέπω*, « tourner ». Ce qui signifie littéralement : « qui se tourne de nombreux côtés ».

Certains commentateurs comprennent « d'esprit ingénieux », « aux multiples possibilités de l'esprit et du corps », « aux nombreux déguisements ». Moi, j'ai essayé de retranscrire cette incroyable capacité du héros à se transformer, à renaître, à s'adapter aux circonstances, mais aussi à utiliser ses erreurs et ses errances pour affiner ses calculs et ses réponses. Quelques rares fois j'ai inséré un terme grec, comme *νόστος ο ὕβϱις*, l'explicitant par une traduction immédiate. Je n'utilise jamais la locution « cheval de Troie » pour désigner l'*Ἵππος*, rendant possible la théorie de l'archéologue naval Francesco Tiboni : il a soutenu qu'il ne s'agissait pas d'une construction en bois en forme de cheval, comme on l'a cru pendant des siècles, parce que le mot *Ἵππος*, en plus de l'animal, désigne un type de navire phénicien généralement employé pour le transport des marchandises précieuses et le paiement des tributs. Ceci aurait constitué un expédient plus convainquant pour induire les Troyens à traîner ce présent à l'intérieur de leurs murs. Mais il aurait également été plus vraisemblable que les guerriers se cachent dans une embarcation de grande taille, qui leur aurait permis d'en sortir plus rapidement, de nuit, par les trappes de la coque. Sans compter que la fabrication d'un cheval en bois géant aurait nécessité la participation de guerriers spécialisés en menuiserie. Où auraient-ils pris le matériel ? Et cela pose aussi d'autres questions : comment auraient-ils réalisé les parties hautes du cheval ? Est-il possible que pendant la construction d'une créature aussi énorme aucun Troyen n'ait rien vu, depuis les murailles ? Pour sûr, laisser un navire sur la plage aurait été plus aisé et aurait moins éveillé les soupçons... Comme nous n'avons pas la certitude que l'une ou l'autre version soit exacte, j'ai laissé le signifié contenu dans le mot lui-même.

Le lexème « magicienne » mérite une explication à part entière – on ne trouve pas trace de *μάγος* dans *L'Odyssée*. Si la version la plus ancienne du texte remonte à la fin du VIIIe siècle avant J.-C., la transcription officielle, basée sur l'original, ramène au gouvernement de Pisistrate, tyran d'Athènes qui vécut au VIe siècle avant J.-C. Les écrits d'Homère (qui se déroulent pendant, ou partent de l'épisode historique de la guerre de Troie, qui a réellement eu lieu au XIIIe siècle avant J.-C.) ont été transmis grâce à une production orale dont les références d'usages, coutumes et cultures renvoient au Moyen Âge hellénique (la période historique comprise entre le XIIe et le VIIIe siècle avant J.-C.). Le mot *μάγος* a été introduit au Ve siècle avant J.-C. par Hérodote pour désigner les prêtres persans, mais ici, appliqué à Circé, il fait référence au fait que la déesse exerce la magie, prépare des enchantements et des potions magiques (*φάρμακα*).

Dans de très rares cas, j'ai sacrifié la précision à la praticité, comme au sujet de l'arme utilisée pour l'assassinat d'Agamemnon : j'ai choisi le terme

« épée », qui remplace *λάβρυς*, également cité par Pindare et par les tragédiens grecs. Littéralement le *λάβρυς* n'est pas une épée mais une sorte de hache double, toutefois cette spécification aurait alourdi la narration. Ou encore le *διαυλός*, que j'ai traduit par « flûte double », est composé de deux tubes en bois, os et ivoire, avec une embouchure et une fine languette mobile, dont la vibration faisait sonner l'instrument. Je n'ai pas non plus explicité les nombreux termes nautiques, comme « gumène » (câble destiné à l'amarrage) et « étambrai » (ouverture pour le passage du mât). De même que j'ai traduit par « enchantement » le mot *αοιδέ* – qui serait en réalité une « formule magique chantée » – et que je n'ai pas spécifié que les jambières sont la partie de l'armure qui protège les jambes, entre la malléole et le genou.

Tout ceci a été pensé en fonction du destinataire, que je crois curieux et attentif. Si la transversalité et la longévité de l'œuvre sont confirmées par une dette littéraire et imaginaire qui dure depuis plus de deux millénaires (les maîtres les plus éminents en témoignent), la grande force de *L'Odyssée* est sa capacité à se refléter dans notre actualité. Je vois peu de différences entre l'auditoire des aèdes dans l'Antiquité et le lecteur contemporain qui, bien que connaissant l'histoire, attend d'être surpris. Entre Ulysse et le migrant qui risque sa vie en mer. Entre la colère de Poséidon, égoïstement engagé dans sa vengeance obtuse, et l'indifférence découlant de l'individualisme qui nous entoure. Entre Calypso et les amants condamnés à la prison de leur solitude, entre Nausicaa et ceux qui rêvent d'un amour impossible, entre Circé et ceux qui rêvent d'émancipation, entre Pénélope et ceux qui savent que la diplomatie couplée à la clairvoyance est l'une des armes les plus puissantes dont l'esprit puisse se doter.

« Personne ne sait revenir comme Ulysse », a écrit Roberto Calasso dans son extraordinaire *Les Noces de Cadmos et Harmonie*[1], condensant dans cette formule l'essence même du long voyage. La capacité du héros à se réinventer, se cacher puis reparaître au nom d'une justice avant tout humaine est très moderne. Lui qui ne perd jamais espoir, qui sait à quel point un petit geste de solidarité peut être précieux, qui peut s'improviser marin, timonier, souverain, agriculteur, mendiant et charpentier, il nous enseigne que l'humilité est le premier pas vers la civilisation. Il tombe et se relève chaque fois avec une grande dignité, il trompe mais par prudence ou nécessité (jamais par pure malhonnêteté), il fait naufrage mais survit aux flots de la mer, comme nous, nous résistons dans ceux du quotidien, luttons, aimons, nous perdons mais retrouvons toujours quelque chose. En ce sens, chacun choisira ce qu'il retiendra en Ulysse : l'inoubliable icône d'un superhéros, ou un fragment, peut-être invincible, de soi-même.

1. Traduit de l'italien par Jean-Paul Manganaro *(N. d. T.)*.

Ce livre, narré par des femmes et écrit pour tous les lecteurs – sans distinction de genre ou d'âge –, a vu le jour grâce à un enchaînement d'événements, fortuitement orchestrés uniquement par des femmes : la boucle est ainsi bouclée. Je tiens à les remercier.

Merci de tout cœur à mon agente Loredana Rotundo, mon étoile polaire.

Merci à la fantastique Michela Gallio, qui a fait du travail sur le texte un moment édifiant mais aussi amusant. Merci à la rédaction soignée de Sara Grazioli, à la grandiose Chiara Moscardelli et au reste de l'équipe de Solferino, Valeria Fazio et Virginia Rossetti, avec qui travailler est un plaisir.

Merci à mon amie éditrice Marina Marazza, qui a cru, dès le début et avec enthousiasme, à ce projet.

Merci aux trois professeures érudites qui ont revu la toute première version : ma sœur adorée Patrizia Oliva, l'irremplaçable Marcella Buldini et la merveilleuse Francesca Gallucci.

Table des matières

Composition
PRESS·PROD

Imprimé en Espagne
Dépôt légal : mai 2022
N° d'impression : 01
ISBN : 978-2-7499-4857-7
LAF : 3173